KB107578

우리끼리면
뭐 어때

선생님과 학생이 같이 읽는 교과통합소설

# 우리끼리면 뭐 어때

염명훈·송원석·김한수·김경윤 지음

청어람e))

# 아름다운
# 시도

많은 학생들과 학부모들 그리고 교사들은 잘 알고 있지 않을까. '자기 생각'을 가진 학생을 만나기 어렵다는 것을. 간혹 자기 생각을 펴는 학생에게 "왜 그렇게 생각하나요?"라는 질문을 던질 때 가장 많이 나오는 답변이 "그냥요!"라는 것을. 사람은 생각하는 동물인데 '자기 생각'이 없다. 이 소설은 무엇보다 "어떻게 하면 학생들에게 '자기 생각'을 갖게 할 수 있을까?"라는 물음에서 비롯된, 네 분 선생님의 공동작업의 열매다.

우리 학생들에게 '자기 생각'이 없는 것을 학생들의 책임으로 돌릴 수 없다. 두 가지 요인으로 말할 수 있을 것이다. 하나는, 우리 공교육이 일제 강점기에 그 기본 틀이 잡혔는데 지금껏 크게 바뀌지 않아 학생들에게 '자기 생각'을 갖도록 하는 교육을 거의 하지 않는다는 점이다. 전체주의 사회에 있어 천황의 신하(臣下)일 뿐인 국민들에게 '자기 생각'은 애당초 가당치 않았고 사물과 현상에 대한 '지배 세력의 관점'을 숙지하도록 요구받았을 뿐이다. 다른 하나는, 초·중·고 교육이 대학 서열화에 종속되었다는 점이다. 대학 서열화는 학생들에게 석차와 등급을 매기도록 요구하는데, 그러나 학생 각자가 '자기 생각'을 펴는 것으로는 석차와 등급을 정확히 매길 수 없으니 '객관적 사실'에 대한 암기를 요구하는 것이다. 그래야 석차와 등급을 매길 수 있기 때문이다. 그런데 '지배 세력의 관점'이든 '객관적 사실'이든 학생의 실제 삶과는 거리가 멀다는 공통점이 있고 따라서 학생의 흥미를 끌 수 없다. 수많은 학생들에게 학교가 '잠자는 수용소'가 된 배경이다. 그러니까 이 소설은 수용소에서 잠든 학생들을 깨워 삶의 구체적인 환경 속에 데려가기 위해 시도되었다고 할 수 있다.

이제 학생은 자기 삶의 주인공이 되어 약동한다. 견공, 묘공과 대화를 나누기도 하는 재기발랄한 소설은 단숨에 읽힐 정도로 재미도 있다. 각 장별로 생각거리와 토론 제재들도 담겨 있다. 부디 이 소설을 많은 학생들이 함께 읽고 쓰고 교실이 떠들썩하게 얘기를 나누면 좋겠다. 그 과정에서 자연스럽게 '자기 생각'을 형성하게 될 것이다. 끝으로, 자신의 역할을 소설가로 확장시킨 네 분 선생님이 이 소설을 잉태하기까지 어떤 고민과 모색, 그리고 실천의 과정을 거쳤는지 헤아려보라는 말을 덧붙이고 싶다. 결과보다는 과정이 더 중요한 법이므로.

홍세화

장발장 은행장, '소박한 자유인' 대표

# 그래도
# 희망은
# '우리'에게
# 있습니다

하루종일 할 일이 없어 교실 책상에 엎드려 있는 친구들을 보며 속으로 말합니다.

미안해.

성적. 다른 재주도 많은데 그깟 성적 하나로 풀 죽어 있는 친구들을 보며 속으로 말합니다. 미안해.

아니 아니, 재주 따위 없어도 착하고 여린 마음 충분히 예쁜데 꼭 점수와 등급을 말해야 할 때 속으로 말합니다.

미안해. 미안해.

억울하고 분한데 생기부에 기록될까 봐 꾹 참는 눈동자를 보게 될 때

무릎이라도 꿇고 말하고 싶습니다.

미안해. 미안해.

네 잘못이 아니야.

점점 희망이 보이지 않나요? 나는 늘 그 자리에서만 맴돌고 있는 것 같나요? 답답한 마음에 아무 데서라도 으악!!!! 소리지르고 싶나요?

솔직히 말하면 어른들도 그렇습니다.

특히 이 책을 고민하며 머리를 맞댄 어른들은 더욱 그렇습니다.

해줄 거는 없고 마음은 물에 젖은 옷 같고.

그래서 여러분과 같이 시원하게 소리 한번 지를까 싶어 이 책을 만들었습니다.

make some noise!!!!!!!!!!!! 소리 질러!!!!!!!!!!!!!!

그래도 됩니다. 이 책을 읽으며 너무 나 같은 모습을 보게 될 때, 짜증이 욕과 함께 밀려올 때 크게, 아주 아주 크게 그래도 됩니다.

물론 교실이나 지하철, 버스, 교회, 사찰 같은 공공장소에서는 좀 피해주세요. 새벽 세 시에서 네 시 사이에 화장실에 앉아서 소리 지르는 것도 좀 위험합니다. 몸의 특정 부분에 무리가 가거나 아니면 엄마가 어디 아프냐며 병원에 가자고 하거나 등짝에 강력한 스매싱을 날릴 수도 있으니까요. ㅎㅎ

그런데 말하고 나니 또 안 된다는 말을 하고 있네요… ㅠㅠ


이 책은 이미 나와 있는 〈내가 나같지 않아서〉에서 이어지는 이야기입니다. 주인공 오영은 이제 2학년이 되었지만 생활에는 특별한 변함이 없고, 그 주변의 사람과 동물들도 1년의 시간을 지나왔지만 여전히 비슷한 자리에 서 있습니다. 꼭 '우리'같습니다. 다만 그들에게 달라진 점이 있다면 '우리'끼리 할 수 있는 일에 집중하고 있다는 점일 것입니다.

'내'가 겪고 있는 여러 힘든 일들을 이겨내기 위해 교실에서 만나는 '우리', 집에서 만나는 '우리', 길거리에서 만나는 '우리'와 더 많은 시간을 보내고 더 많이 힘을 모으려 노력하고 있다는 점입니다.

'희망'의 비슷한 말을 '우리'라고 하면 너무 지나친가요?

아무리 둘러봐도 여러분에게 힘이 될 만한 말이 떠오르지 않는 요즘,

개인의 힘으로는 여전히 깰 수 없는 벽들에 둘러싸인 것 같은 요즘,

그래도 희망은 '혼자'보다는 '여럿'에게 있다는 말씀을 조심스럽게 드려봅니다.

그래도 희망은 '우리'에게 있다는 얘기를 꼭 하고 싶습니다.


부디 이 책이 여러분의 '우리'에게 서로를 돌아볼 수 있는 기회가 되기를 기원합니다. '우리'의 힘을 믿게 되는 계기가 되기를 바랍니다.

세상의 그럴듯한 거짓말을 듣게 되면 씩 한번 웃어주세요.

그리고 친구들에게 말해주세요.

괜찮아. 우리가 할 수 있어. 실패해도 돼. 같이 하자. 우리끼리면 뭐 어때?


부디 이 글을 읽는 사람들 모두 건강하세요^^ 몸과 마음 모두.


2018년 가을에

집필진을 대표하여 염명훈 씀

**오영** 고등학교 2학년. 남들이 볼 때 특별하진 않다. 자기도 그렇게 생각한다. 성적은 고만고만 하지만 모르면 묻는 좋은 버릇을 가졌다. 자기 집 고양이와 개, 그리고 엄마 목걸이의 예수님하고도 말이 통한다. 힙합을 좋아한다. 농사짓는 땅도 좋아한다. 학교 댄스 동아리에 가입했다. 춤을 좋아하지만 이것도 썩 잘하지는 않는다. 어릴 때부터 아빠에게 무술을 배워 걸어오는 시비를 굳이 피하지 않는다. 하지만 작은 것, 약한 것에 마음 쓰인다.

**오만해** 오영의 아빠. 도시 변두리에서 농사를 짓는다. 사람을 좋아한다. 그래서 공동체가 중요하다고 생각한다. 공동체의 문제에 발벗고 나선다. 고기를 별로 좋아하지 않는다. 음식을 만드는 데 두려움이 없다. 그래서 잘한다. 어릴 때부터 무예를 수련해 왔다. 고수다. 오영에게 운동 신경과 따뜻한 인간성을 물려줬다.

**한의** 오영의 엄마. 시골에서 태어나 어렵게 대학에 갔다. 대학에서 디자인을 공부했다. 그러면 뭐하나 한물 간 가수들의 의상, 화장, 머리를 손 봐주며 산다. 모든 엄마와 마찬가지로 오영을 끔찍하게 사랑한다. 하지만 티를 잘 내지 않는다. 그래서 오영과 잘 싸운다. 오영에게 시크함을 물려줬다.

**오릉** 아빠와 같이 텃밭에 사는 진돗개. 오영과 말이 통한다. 오영과도 같이 살았던 적이 있었다. 불만이 많다. 나이도 많다.

**오냥** 오영과 같이 사는 고양이. 오영과 말이 통한다. 보통 고양이처럼 참치캔을 좋아하고 창밖을 보는 걸 좋아한다. 가끔 가출하기도 한다. 대부분 철없다. 하지만 상자 안에 들어가면 현자(賢者)가 된다.

**리용해** 오영의 친구. 성적도, 운동도, 글씨도 뭐든 잘한다. 집도 부자다. 오영한테는 못한다. 오영한테 잘하고 싶어 한다.

**차물결** 오영의 친구. 말이 별로 없다. 책 읽고 글 쓰는 걸 좋아했다. 학년이 바뀌면서 점점 뾰족하게 변하고 있다. 리용해를 따라 도는 인공위성.

**유기수** 오영과 같은 반이면서 댄스동아리 회장. 착하고 슬기롭다.

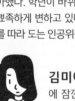

**김미애** 오영과 작년에 잠깐 같은 반. 오영이 기억하는 친구. 학교를 떠나 연락이 없다.

**천재하** 오영의 동아리 후배. 피부병을 심하게 앓고 있다. 춤과 음악에 재능이 있다.

**김종수** 오영과 같은 반. 양아치 어벤져스의 리더.

**송상동** 오영의 2학기 담임. 승진에 관심이 없다. 아이들에게 관심이 많다. 관심이 많아서 속을 끓이고 가끔 화를 내고 혼자 절망하고 혼자 위로하고 조금만 희망이 보이면 티나게 좋아한다. 정년퇴직이 얼마 안 남았다.

**원다민** 오영의 1학기 담임. 애들을 다룰 줄 알고 애들에 대한 관심이 많아 문제를 해결해주고자 학교와 부딪힌다. 학교 안에서만.

그리고…

# 1장
## 들어준다

성장은, 쉴 때 이루어진다. 텅 빈 시간 안에서, 두 발로 걸을 수 있는 공간 속에서 사람은 자란다. 발걸음을 빨리해 앞을 보며 나갈 때보다 뒤돌아보며 멈추어 있을 때 사람은 비로소 큰다.

라고 오영은 생각했다.

방학은 그래서 좋았다.

겨울 방학은 더 좋았다. 추위는 동결(凍結)을 가져온다. 침묵을 부른다. 활동보다 정지(停止)가 편한 계절에 오영은 책을 읽고 영화를 보고 생각나는 것을 끄적였다. 춤을 멈추었다. 운동도 쉬었다. 공부도 집어치웠다. 온전히 자기를 위해. 남에게 미안할 일이 없는 시간이, 무엇보다 나에게도 미안할 일이 없는 시간이 편했다.

그 겨울 동안 아빠는 수염을 깎지 않았고 엄마는 잠이 많아졌다. 오릉은 천천히 늙고 있었고 오냥은 창문 앞 종이박스에서 잘 나오지 않았다. 핸드폰도 동면에 들어간 듯 조용했다. 그러다 작은 소리에 문득 고개 들어 창밖을 보면 가을보다 깨끗한 하늘이 눈에 띄었고 게으른 철새들이 허둥지둥 남쪽을 향해 날았다.

돈 좀 벌자.

1학년 겨울 방학을 끝내고 2월 초 개학을 하자마자 용해가 한 말이었다. 뜬금없는 말을 대뜸 쥐어박으려다 먼저 '왜'를 묻기로 했다.

황금 궁전에 사시는 분께서?

골든 팔레스. 용해가 사는 아파트. 오영이 사는 동네에서 멀지 않은, 몇 년 전 새로 만들어진 동네에 따라 들어선 곳이었다. 아니 동네가 만들어지고 아파트가 세워진 게 아니고 아파트가 만들어지면서 동네가 세워졌다. 큰 길이 새로 나고 서울과 가까워진다는 광고 도배 속에 이 동네에서는 상상할 수 없는 넓이와 돈으로 지어진 아파트였다. 처음 용해가 그곳에 산다는 걸 알았을 때 따로 형제가 있다는 얘기도 들어 보지 못한 용해가, 아빠 얘기는 도통 하지 않는 용해가, 엄마와 단둘이 살기에는 너무 큰 집이라는 생각을 했었다.

부자가 왜 계속 부자로 사는 줄 아냐? 돈을 가져 보니까 너무 좋거든. 돈이 있으면 뭐든 살 수 있거든. 심지어 사람도. 그래서 그 좋은 걸 잃어버리는 게 너무 끔찍해서 무슨 짓을 해서라도 계속 부자가 되려는 거야.

 그럼 거지가 계속 거지인 이유가 돈이 있는 게 얼마나 좋은지 몰라서 계속 거지인 거냐? 방학 동안 사람 좀 됐나 싶었더니.

 맞아. 그거야. 돈을 가져 본 적이 없는 사람은 돈의 힘과 즐거움이 무엇인지 몰라. 상상만 해 보는 것과 직접 만져 보는 건 하늘과 땅 차이거든.

 어울리지도 않는 말 그만두고 솔직히 불어. 이유가 뭐야?

 음… 우리 사장님 오프닝 멘트였는데… 티 났냐?

사장님.

용해는 자기 아빠를 사장님으로 불렀다. 그 말은 자기가 자식으로 고용되었다는 말이었다. 고용은 무엇을 주고받는 관계를 말하는 것이다. 노동력과 임금 같은.

사랑과 배려, 신뢰와 보호 같은 일반적인 가족 관계를 설명하는 말에서 한참 먼 낯설고 삭막한 말이었다. 그러나 용해는 그 단어 이외의 어떤 것으로도 자신의 아빠를 설명한 적이 없었다.

얘기는 더 하지 못했다.

학교는 바빴다. 학교가 가장 사랑하는 애들은 졸업하는 애들이다. 기쁘고 바쁘게 졸업식이 준비되고 있었다. 남아 있는 애들은 손이 많이 간다. 선생들은 종업식을 앞두고 생활기록부를 점검해 주고 사물함에 쌓아 둔 물건들을 정리하라고 소리치고 다음 학년 교과서를 짜증내며 나눠주었다. 특히 반장인 용해를 찾는 호출은 많았다. 용해는 오영과 무언가 더 얘기하고 싶은 표정이었지만 여유가 없으니 말을 꺼낼 마음도 사라지는 듯했다.

오영도 더 묻지 않았다.

급하면 지가 먼저 얘기하겠지.

이상하게 말을 먼저 꺼내다 마는 사람에게 묻는 사람이 약자가 되는 기분이 싫기도 했다. 특히 용해에게 약자가 되는 건 싫었다. 그렇게 2월이 지나고 3월이 됐다. 그동안 오냥은 박스를 나와 어슬렁거리기 시작했고 엄마는 가끔 크게 노래를 틀었다.

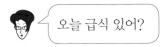

엄마는 아무리 중요한 일이 있어도 학교 가는 3월의 첫날 아침은 집에 있다.

오냥이 어느덧 뛰어와서 엄마 쪽을 보며 입맛을 다셨다.

개학식만 하고 일찍 끝난다며?
음… 그럼 다녀와서 저녁에 먹어.

 싫어. 지금 먹을 거야.

 뭔데?

 아냐. 아무것도.

 고기 냄새가 나는데?

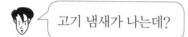 고기 냄새가 나는데?

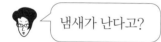 냄새가 난다고?

　엄마가 반찬 통 몇 개를 작은 가방에 싸려다 도로 꺼내 킁킁댔다. 등까지 돌리고 새는 데가 있는지 살피는 엄마가 좀 웃겨서 오영은 냉큼 엄마 손에서 반찬 통을 뺏었다.

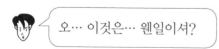 오… 이것은… 웬일이셔?

　꿀에 잰 고구마가 들어 있는 통 밑에서 튀긴 건빵이 달그락거렸다. 오영은 건빵 통을 코 대신 귀에 대고 흔들었다. 리듬이 좋아. 소리가 좋은

음식은 맛도 좋은 법이지. 고맙습니다. 헤헤. 다녀올게. 나오는데 같이 먹을 사람이 생각났다. 이제 진짜 새해가 시작됐구나 하는 생각이 들었다. 신발이 가벼웠다.

 반갑습니다. 원다민입니다.

반갑지 않은 얼굴로 새로운 담임은 인사했다. 오랜 전쟁 끝에 지칠 대로 지쳐 휴전 회담에서 마주 앉은 적국의 대표를 대하듯, 아니면 월셋집 계약을 하러 온 세입자가 집주인을 대하듯 그렇게 인사했다.

 과목은 문학입니다.

화장기 없는 얼굴, 옅은 색이 들어간 안경, 목이 늘어난 쥐색 스웨터, 특징 없는 면바지. 목소리를 듣고 여자인 걸 알았다. 나이도 가늠이 되지 않았다. 목소리는 호들갑스럽지 않았다. 그래 나도 알아. 반갑다는 건 거짓말이야. 그렇다고 뭐 니들이 특별히 꼴 보기 싫지는 않네. 이 정도면 무난해. 하는 느낌이었다.

오영은 놀라지도 화를 내지도 않고 교실에서 날뛰고 있는 애들을 무심히 바라보는 담임이 왠지 마음에 들었다. 작년의 담임. 애들이 휘두르는 칼에 조금만 스쳐도 곧 수술이 필요할 것 같았던 담임과는 달랐다. 그리고 신기했다. 오영도 반에 처음 들어와 놀란 이 화려한 멤버들을 보고 저렇게 태연하다니.

작년 말부터 떠돌던 얘기대로 학교는 선택과 집중을 하기로 한듯했다.

선도위원회와 학폭위원회의 단골이자 주인공들이 어벤져스를 만들어 이 한 곳에 모여 있었다. 선생들은 교무실에 모여 어차피 안 될 인간들, 한 선생한테 몰아주자 했을까? 잘하면 올 한 해 영화 몇 편 찍겠구만. 그럼 주인공은? 원더우먼 원다민인가? 어쨌든 어떤 선생도 맡지 않으려 했을 이 반에 발을 들여놓았다는 것 자체가 저 담임의 학년 말 엔딩을 예상할 수 있게 했다.

 억지로 나한테 잘 보일 필요는 없습니다. 나 역시 그러지 않을 거니까. 하지만 서로 할 말은 하고 삽시다. 내가 니들 원하는 걸 다 들어줄 수는 없어도 얘기는 들어줄 테니까. 그게 내가 월급 받는 이유니까.

들어준다. 들어준다. 들어준다.

원하는 걸 이루게 해준다는 말도 들어주는 거고, 시간을 내서 귀를 기울이는 것도 들어주는 것이다. 무엇보다 들어준다는 말은 무거운 것을 올릴 때 같이 돕는다는 뜻도 있다. 어벤져스의 말과 짐을 조금이라도 들어준다면… 엔딩이 바뀔 수도. 아니, 우주가 바뀔 수도 있겠다는 생각을 잠깐 했다. 긴 겨울을 견딘 사람 같은, 아직 겨울 속에 있는 사람 같은 새 담임이 어쩌면 봄을 줄 수도 있겠다는 생각을 했다.

제일 늦게 교실에 들어와 제일 앞자리에 앉은 오영은 무엇보다 새로운 담임이 신고 있는 운동화에 눈이 갔다. 선생님들도 복장 단속을 받는 건지 다들 거기서 거기인 옷차림 속에서 자신의 취향과 재산을 은밀히 드러내는 것은 실내화였다. 화려한 비즈가 수 놓인 3반 담임 실내화는 얼마라더라, 붉은색 꽃이 한가운데 박힌 7반 담임 슬리퍼는 주문 제작한 거라더라, 5반과 8반 담임이 하루만 신고 안 신는 실내화는 해외 명품을 직구한 건데 알고 보니 둘이 같은 거여서 다시는 안 신는다더라. 소문은 무성했고 키 높이 실내화를 잃어버린 한 선생이 자신의 높이를 들킨 후 현관 신발장에 자물쇠를 달았다는 얘기로 실내화 얘기는 교실에서 사라졌다.

그런데 운동화라니.

보아하니 메이커도 아닌 듯한데.

큰 키도 아닌데 굽도 없는 운동화라니. 그 낮은 운동화 위에 서 있는 담임의 키가 꽤 커 보인다고 생각하고 있을 때 새 담임은 오영의 이름을 불렀다. 임시 반장 좀 부탁하자. 송상동 선생님이 추천하시더라.

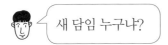

새 담임 누구냐?

복도에서 만난 용해가 물었다.

물결이는?

이과는 딱 한 반이었다. 서울은 이과가 훨씬 많다던데. 작년 담임이 문·이과 수요 조사를 마치고 했던 말이었다. 그 한 반에 물결이와 용해가 같이 들어 있었다. 사물의 이치보다 사람의 감정을 헤아리는 것을 좋아하는 물결이가 이과를 가겠다는 얘기를 처음 들었을 때가 생각난다. 역시 그때도 오영은 이유를 묻지 않았다. 오히려 물결이가 물었다. 왜냐고 안 물어?

 화장실 갔나?

 그걸 묻는 게 아니잖아. 하여튼. 그리고 사람은 누구냐가 중요한 게 아니고 어떠냐가 중요한 거다.

 새 담임 어떠냐?

 참 배움이 빠른 자식.

담임 말투가 과목은 과학입니다로 들렸다고 말해주었다.

 침대는 과학입니다… 아냐?
그 광고 목소리랑 비슷해서 그런가?

 여자다.

 엥? 그래서 진짜 과목은?

 문학.

 문학? 음… 뭐 문학은 침대와 많은 관련이 있지.

 지랄하네.

방학 동안 웅크리고 있었더니 몸이 기지개를 켜고 싶어 했다. 게다가 봄이 시작되고 있었다.

우~~와~~아~~악 소리를 지르고 싶었다.

마음을 먹는다면 몸은 움직인다. 마음을 먹어라. 몸을 움직여라. 봄이 등을 떠밀었다. 학교를 나와 두세 걸음 걸었는데 아빠의 농장이 어느새 마중 나와 있었다.

 아직 추운데… 괜찮겠어?

 다스림부터 시작해야지?

끝이 무뎌진 찬바람이 만만치는 않았지만 견딜만했다. 곧 몸은 데워질 것이다.

다스림이 끝나고 헤아림으로 넘어갔다. 오영은 작은 동작을 천천히 크게 했다. 아빠를 따라 했지만 아빠의 움직임보다 크게 했다. 어떤 동작도 완벽한 동작은 없다. 팔을 뻗으면 가슴이 비게 되고, 팔을 올려 가슴을 막으면 다리 쪽이 비게 된다. 눈은 한쪽에 있어 뒤를 볼 수 없고, 팔도 몸을 돌리지 않는다면 뒤로 뻗을 수 없다.

아빠는 말했었다. 늘 한쪽이 비어 있는 사람의 몸. 한쪽이 비어 있어서 사람의 몸. 그것을 보아야 한다고. 빈 곳을 채우기 위해서는 부지런히 몸을 놀려 자세를 바꿔야 한다고. 그것이 헤아림의 기본이라고.

 아빠 사부님 말씀이야?

 응.

힘드림에 이르러 둘은 마주 섰다.

오영이 먼저 아빠의 얼굴 쪽으로 주먹을 뻗었다. 곧 맞을 것 같았다. 하지만 늘 그렇듯 아빠는 예상하지 못한 곳에서, 예상하지 못한 몸을 내서 그것을 막거나 피했다. 힘을 준 주먹이 허공에서 미끄러졌다. 몸이 휘청였다.

 목표를 정했으면 끝까지 힘을 줘야지, 중간에 망설이면 어떡해?

 아빠 얼굴에 상처를 남길 수는 없잖아?

 말만큼 몸이 늘면 참 좋겠다.

이번에는 아빠의 다리가 오영의 무릎 쪽으로 빠르게 오는 게 보였다. 다리를 다리로 막는 것은 좋은 방법이 아니다. 부딪힘은 최대한 피하는 것이 좋다. 부딪힘은 상처를 남긴다. 오영은 뒤로 물러서 피하려 했다. 물러서려면 순간 뒤를 신경 써야 한다. 그 잠깐 사이에 아빠의 다리가 방향을 바꿨다. 발등이 오영의 뒤꿈치를 걸었다. 걸어오는 쪽으로 몸을 거스르면 넘어진다. 상대 동작의 길을 따라 앞서다가 다른 길로 빠지는 게 좋다. 아니면 위로 뛰던가. 오영이 몸에 힘을 줘 땅을 박차려는데 순간 아빠의 손이 가볍게 어깨를 밀었다. 이미 걸린 다리에 뛰려던 힘까지 합쳐져 오영은 날 듯이 저만큼 나가떨어졌다.

 반칙이야!

 넘어지는 게 반칙이야.

 사부님이 빈 곳을 보이지 말라고 했다며?

 그런데?

 아빠는 빈 곳을 보이면서 공격하라고 꼬시잖아.

 난 내 사부님 말씀이 다 맞다고는 안 했다.
자기 생각은 자기가 만드는 거야.

 우이씌! 좋아. 그럼 다음부터 난 물기, 꼬집기 다 할 거야.

멀리 날아 몸을 굴렀지만 아프지는 않았다. 늘 있는 일이니까. 아니 겨울이 지나서 그런가? 몸이 세게 한번 구르고 나니 한결 더 가벼워졌다. 몸이 가벼워지면 마음도 가벼워진다. 눈매를 세우고 신경을 눈 뜨게 해야 하는 힘드림이 점점 장난스러워졌다. 오영은 아직도 깎지 않은 아빠의 수염을 집중 공격했고 아빠는 비명을 지르며 도망 다녔다. 아까부터 엎드려 보고 있던 오릉이 천천히 몸을 일으키더니 물에 젖은 듯 얼굴을 세게 흔들었다. 그리고 오영 쪽을 보며 중얼거렸다.

 개싸움이구만.

옷을 갈아입으려고 비닐하우스에 들어서니 난로도 피워 놓지 않은 실내가 훅 더웠다.

 아빠, 밖으로 나가자.

손발만 얼른 씻고 나오니 이제는 공기가 시원했다. 평상에 앉아 아침에 엄마가 준 반찬 통을 꺼냈다. 아빠가 옆에 와 앉고 오릉도 밑에 앉았다.

 네가 싼 거야?

 음식 보고 싼 거라니?

그럼 비싼 거야?

이럴 때 아빠는 오영이, 오영은 오릉이 창피하다.

 엄마가 싸 준 거야… 화장실이 아니라 부엌에서. 크크크.

 그만해라.

 오… 이거 내가 좋아하는 건데?

아빠는 건빵을 제일 먼저 집어 들었다. 아침에는 보지 못했던 맨 밑 통에는 닭가슴살이 들어 있었다.

 엄마도 참. 도대체 이게 무슨 조합인지.
전부 마트에서 왔거나 메이드 인 통조림이구만.

 맛있는데 왜 그래?

 고기는 역시 통조림이지. 너도 아빠랑 수련할 때 다스림, 헤아림,
힘드림, 통조림 순으로….

오영이 오릉 머리통을 향해 건빵을 던졌다.

개한테라도 음식을 던지는 건 안 좋은 거야. 어? 이게 뭐야?

아빠가 작은 가방 맨 밑에서 반으로 접힌 연노랑 종이를 꺼내 들었다. 눈에 익은 줄무늬.

 이 종이 오랜만이네⋯ 네 엄마는⋯ 요즘에도 이 종이로 그림을 그리는구나?

아빠는 종이를 내밀었다.

 옛날부터 그랬으니까. 궁금하면 펴 봐.

 네 거잖아. 내가 아무리 아빠라도 함부로 펴 볼 수는 없지.

그림 속에는 100미터 달리기 출발선에 선 선수처럼. 오영이 잔뜩 허리를 숙인 채 앞을 노려보고 있었다. 등에는 '2'라고 쓰여 있었다. 옆에는 오냥과 엄마가 '화이팅!!!!'이라고 쓴 현수막을 들고 있었다.

 뭘 이렇게 직접적으로 유치하게. 2학년 됐다고 등 번호가 '2'야? 차라리 '50'이라고 쓰는 게 더 낫겠다.

괜히 보여줬나 싶어서 오영이 우물거리는데 아빠가 말을 이었다.

엄마 표정이 밝네. 이렇게 웃고 있는 거 오랜만인데?

 사진 아냐. 진짜 사진 한 장 보여드려요?

 아니. 됐어. 자 이제 일어나자.

돌아오는 버스 안에서 오영은 핸드폰을 열었다. 아빠한테 엄마 사진 한 장 보내 줄까 했다. 그런데 엄마 사진이 없었다. 왜 없지? 하다가 아, 없구나 했다. 찍은 기억이 없었다. 그때 역시 기억에서 희미해졌던 물결 이한테 연락이 왔다.

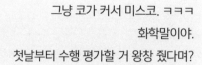

그냥 코가 커서 미스코. ㅋㅋㅋ

화학말이야.

첫날부터 수행 평가할 거 왕창 줬다며?

 물결

나보다 우리 반 얘기를 더 잘 아네?

이건 뭐지.

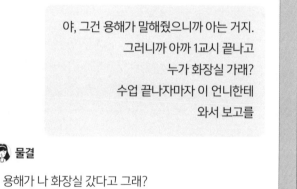

야, 그건 용해가 말해줬으니까 아는 거지.

그러니까 아까 1교시 끝나고

누가 화장실 가래?

수업 끝나자마자 이 언니한테

와서 보고를

물결

용해가 나 화장실 갔다고 그래?

핸드폰이 차가워졌다.

○ ○

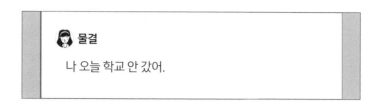

물결

나 오늘 학교 안 갔어.

순간 미안했고 그다음 순간 미안한 마음이 싫어졌다. 핸드폰에 쓰던 글이 붓에서 분필로 변한 것처럼 딱딱해졌다.

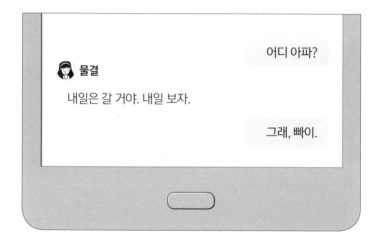

어디 아파?

물결

내일은 갈 거야. 내일 보자.

그래, 빠이.

겨울 동안 물결이는 쉬지 않았나 보다. 쉬고 싶지 않았나 보다. 쉬지 않아서 지쳤나? 그래서 개학 첫날에도 학교에 오지 못한 건가? 아니 못 갔다고 얘기하지 않았다. 안 갔다고 얘기했다. 하지만 어떤 모습으로든 물결이가 변했다는 건 느낄 수 있었다. 그게 어떤 모습일지 궁금했다.

집에 오니 엄마가 없었다. 문을 여니 썰렁했다. 공기가 찼다. 오냥이 멀찌감치 떨어져 보고 있었다.

 왜? 뭐?

창문이나 닫아 줘.

 온몸에 털을 두르고 살면서 엄살은.

추워서 그런 거 아냐. 나가고 싶은 마음을 닫아달라는 거야.

엄마 방에 들어가니 창문이 열려 있었다. 급하게 나갔는지 옷장도 반쯤 열려 있었다. 옷 몇 가지가 옷걸이에 늘어져 있었다. 오영은 창문 앞에 섰다. 엄마는 여기 서서 밖을 보나 보다. 밖을 보며 무슨 생각을 할까. 무슨 얘기를 할까. 오늘도 한참을 서 있었나 보다. 엄마 방에는 오래 머물렀던 기억이 별로 없다. 겨울에 가스비를 아끼자며 오영 방에 난방을 끊고 안방에서 같이 자자고 했을 때도 있었다. 오영은 단칼에 거절했었다. 작은 산이 막고 있는 엄마 방은 답답했다. 엄마의 서운해하던 눈빛이 생각난다. 가장 가까이 있는 사람에 관한 증거와 흔적, 기억이 어쩌면 가장 적다는 생각이 문득 들었다.

물결이도. 난 가장 가까이 있는 사람들의 이야기를 제일 안 듣고 있었구나. 난 들어주는 일에 참 인색하구나. 오영은 아파트와 산 사이의 작은 길을 살폈다. 아무도 없었다. 숨을 크게 들이마셨다가 오영은 힘껏 소리

질렀다.

 산~아~ 오늘 우리 엄마 여기서 뭐 했냐?

깜짝 놀란 오냥이 뛰어왔다.

 야, 나한테 물어보면 되잖아.

오영은 오냥을 번쩍 들었다. 창밖을 보는 오냥의 눈이 심드렁했다.

 너 여기 처음 보는 거 아냐?

 내 팬이 너 하나라고 착각하지 마라.

 엄마랑도 이런 적 있어?

 거의 매일.

오영은 오냥을 꼭 안았다. 그리고 이번에는 작게 흥얼거렸다.

난 네 메아리.
메아리로 답해주지.
산이 내 얘기를 들어주면 나는 산을 들어줄 수 있지.

네가 내 얘기를 들어주면 나는 너를 또 들어줄 수 있지.

내 귀까지. 그 높이까지. 더 잘 듣기 위해 딱 거기까지.


니가 부르는 내 이름은 니가 가진 니 이름이야.

나는 현재 십팔 면제. 내년엔 십구 면제.

올해 만난 너는 내 한 면만 보고 주절대지. 쳇!

이쪽에서 이렇게 부르고 저쪽에서 저렇게 불러대지. 쳇!

그래 그렇게 불러.

나도 너를 막 부르지. 하지만 이건 알아둬. 내가 들어줄 때만 그게 바로 내 이름이야. 저 밑바닥에 있는 네가 불쌍해서 들어줄 때만 그때 그게 내 이름이야. 나도 아직 모르는 내 이름이야. 모르는 이름 가진 지금의 나야.


산은 대답도 하지 않았고 오영 얘기를, 짐을 들어주지도 않는 것 같았다. 다만 산이 부쩍 다가와 있었다. 어느새 떠 있던 달은 산에게서 밀려난 듯 작아지고 멀어졌다. 오냥이 하듯 고개를 바짝 들고 다음 노래를 기다리는 것 같은 산이 갑자기 부끄러워서 오영은 문을 닫았다. 오냥이 골골 잠꼬대를 했다.

# 2장
## 내보낸다

헌혈하는 날이었다.

부모의 동의서를 가져온 애들과 동의서를 가져온 것처럼 한 애들이 자기 반 순서도 되지 않았는데 우르르 헌혈차로 나갔다.

2학년이 좋구만.

그니까 말이다. 작년에는 이 좋은 걸 시켜주지도 않더니.

헌혈차에 애들이 하나씩 올라가고 내려왔다. 아, 씨. 어제 술 먹어서 안 된대. 야, 빙신아 그걸 왜 말하냐? 야, 빙신아 내가 말했겠냐? 냄새가 난다잖아. 씨발. 오영의 차례였다. 흰옷을 입은 사람이 물었다.

 이름.

 오영이요.

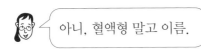 아니, 혈액형 말고 이름.

킥킥킥.

아, 저 낯익은. 아니, 귀에 익은 웃음소리.

뒤돌아보니 용해가 있었다. 기다릴게. 입 모양을 보고 알 수 있었다.

침대에 누워 피가 빠져나가는 걸 멍하니 보고 있었다. 내 안을 돌며 생명을 전달하던 저 붉은 액체가 아주 작은 바늘을 통해 밖으로 나가고 있었다. 작은 구멍으로도 중요한 게 나갈 수 있구나. 그렇다면 반대로 아주 작은 틈을 통해서도 내게 무언가가 들어올 수 있겠구나. 그 작은 것들이 내가 알지 못하는 사이에 나를 바뀌게 할 수도 있겠구나.

 영화표를 줄까? 과자를 줄까?

인심 쓰듯 두 손에 하나씩 들고 생글거리는 흰옷이 별로 마음에 들지 않았다.

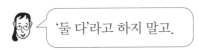 '둘 다'라고 하지 말고.

'둘 다' 필요 없어요. 하려다가 음료수랑 몇 가지 먹을 것들이 들어 있

는 비닐 팩 쪽을 가리켰다. 영화는 미래의 일이고 과자는 당장의 즐거움이다. 밖으로 나오니 이제 제법 연두가 물드는 나무들이 보기 좋았다. 오래된 학교의 장점은 큰 나무가 많다는 거였다. 그리고 그 큰 나무 그늘 속에 용해가 앉아 있었다. 손을 흔들고 있었다.

오랜만의 봄이었다. 먼지가 걷힌 날이었다.

봄 같은 봄이었다. 그래서 오히려 어색했다.

아주 오래전이 기억나는 봄이었다.

꽃잎은 가늘게 떨어지고 새잎이 나고 있었다. 나무 밑으로 접어들자 연두는 합쳐지고 짙어져 형광으로 빛나고 그 틈으로 빗줄기만 한 햇빛이 소나기처럼 쏟아졌다.

 한 시간만 제끼자.

 소심하기는. 하루를 제끼자고 했으면 감동했을 텐데.

 비닐이나 까봐.

 뭐야. 넌 영화표 받았어?

 내 인생이 스펙터클, 호러, 액션인데 영화표를 받았겠냐?
내 거는 누구 줬다.

헌혈차에는 학급에 상관없이 애들이 뒤섞여 있었다. 어른은 누구도 나와 있지 않았다. 둘이 앉아 있는 나무 밑 그늘은 주변에 철쭉과 개나리가 뒤섞여 있어 신경 쓰지 않으면 밖에서 잘 보이지 않았다. 잘 보이지 않는 곳은, 잘 보이지 않는 곳을 찾는 사람들에게는 잘 보이는 법이다. 몇몇 애들이 둘을 지나쳐 그늘을 지나 담을 넘어갔다. 오영이 벌떡 일어나 부르려는 것을 용해가 말렸다. 니가 뭔데. 잡는 손이 생각보다 세서 오영은 휘청 주저앉았다. 이 자식이.

 함부로 나한테 힘쓰지 마라. 죽는 수가 있다.

 돈 좀 번 다음에 죽여줘라.

 저번부터 돈 벌자는 얘기는 뭐야?

 말 그대로.

 어떻게?

 중국 사람들 상대로 민박을 할까 생각 중이야. 럭셔리하게. 우리 집이 비거든.

집이 빈다고?

돈 벌어서 뭐 할 건데?

엄마를 돈에서 벗어나게 하려고.

자꾸 수수께끼 같은 소리 할 거야?

이따 얘기하자.
하여튼 시작하게 되면 너도 날 좀 도와줘. 아버님도.

우리 아빠?

응. 우리 아버님.

이게 미쳤나?

미친 게 아니고 종 친다. 들어가자.

수업은 어수선했다. 애들은 반도 들어오지 않았고 늦게 들어온 인간들은 헌혈하고 나서 다리에 힘이 없어 잠깐 쉬다 보니 늦었다느니, 헌혈차에 놓고 온 것이 있어서 찾으러 갔다 왔다느니 온갖 소리를 늘어놓았다. 변명은 출석부에 진한 표시를 남겼다. 표시는 담임을 부른다. 담임은 질문을 하는 사람이다.

 2교시 끝나고 왜 쨌냐?

종례라 할 것도 없는 종례가 끝나고 청소하는 몇몇만 남아 있을 때였다. 오영도 동아리 연습을 위해 옷을 갈아입으려고 남아 있던 참이었다.

 아, 씨… 왜 나한테만 그래요? 나만 쨌어요?

저건 앞뒤 없는 선빵이다. 싸움에 길들여진 애들이 가지고 있는 무식하지만 나름 효과가 있는 무기다. 종수. 작년부터 이름을 날리던 어벤져스의 리더. 중학교 때 이미 교무실에서 의자를 집어 던졌다는 전설을 가지고 있었다. 문제는 대책 없는 선빵을 담임이 어떻게 막아내는가였다.

 일단 먼저 고맙다.

 네?

 존댓말을 써 줘서. 그리고 보통 씨 다음에는 발이 나오고, 그 다음에는 손이 나오는데 넌 씨에서 멈춰 준 것도 고맙다.

노련하다. 담임. 싸움을 싸움으로 만들지 않고 있다.

 그걸 말이라고 해요?
내가 아무리 양아치래도 샘한테 손을 쓰겠어요?

내가 아는 많은 남자는 보통 그랬거든.
물론 어떨 때는 둘이 같이 나올 때도 있었지만.

 어떤 개새끼가 샘한테 그랬어요? 확, 죽어….

 이미 죽었어. 내가 죽였어.

 네?

 나 학교 다닐 때 선생들 얘기야. 난 그 사람들 죽으라고 기도
했거든. 그러니까 칠십 넘어 다 죽던데?

은근 협박 같기도 한데?

 아, 놔….

 그니까 솔직하게 불어봐. 내가 내 앞에서 거짓말한 놈들 늙어
서 다 죽으라고 기도하면 너도 그렇게 돼.

 아, 진짜….

종수가 피식 웃었다. 담임 원.

똥 마려워서 나갔다 왔어요.

 똥 쌀 때가 학교엔 없냐?

 학교에선 똥이 안 나와요.

 왜?

 이러니까 샘들한테 참교육이 필요한 거라고요. 샘이 한번 쉬는 시간에 애들 화장실에 가서 똥 싸려고 해봐요. 일단 휴지가 없어요. 교실에 걸어둔 거요? 그거 뜯어가려면 여자애들부터 똥 싸러 가냐고 난리 날 걸요. 어떻게 휴지를 갖고 들어갔다 쳐요. 애새끼들이 밖에서 하는 소리 다 들려요. 나만 들리겠어요? 내가 내는 소리도 들릴 거 아니에요. 냄새는요? 좋아요. 거기까지 갔다고 쳐요. 문제는 난 쪼그려 앉는 게 너무 힘들어요. 도저히 5분 이상 버틸 수가 없어요. 샘들 화장실에만 앉을 수 있는 거 있잖아요? 이름이 뭐더라?

 좌변기.

 아, 네. 좌변기… 학생 화장실에는 그게 없다고요. 그리고 저는 하나 더 남았어요. 전 담배를 안 피우면 똥이 안 나와요.

그럼 담배를 피우면 똥이 나온다는 소리네. 담배를 피울 때마다 똥을 싼다는 말은 너 같은 경우, 하루에 최소 20번 이상….

 아, 그 말이 아니잖아요?

 그러니까 네 말은 학교에서 네 똥 문제와 담배 문제가 해결되면 안 쨌다는 얘기구만. 짜식, 섬세하기는.

 그렇죠. 그럼 제가 절대 밖에 나갈 일이 없죠.

 모두를 해결해 줄 수는 없어. 특히 학교 안에서 담배는 안 돼. 담배 피워서 너 혼자 죽는 건 괜찮은데, 다른 애들까지 피해를 끼치는 거니까.

 좋아요. 그럼 담배는 나가서 필게요. 그럼 여유 있게 똥 쌀 수 있는 방법이 있어요? 참으라고는 하지 마세요.

 방법을 생각해 보자. 오늘 똥을 내일로 미룰 수는 없으니까. 그리고 한 가지 더. 너 앞으로… 아니다. 그것도 다음에 얘기하자.

빗자루와 대걸레를 들고 얘기를 엿듣던 애들이 싱거운 결말에 아쉬운 얼굴을 했다. 그래도 오늘의 이 대화는 단톡방에 올라갈 것이다. 담임이 들어 있지 않은 애들만의 단톡방에. 서로 다른 결말을 가지고.

　화장실에서 옷을 갈아입고 교실로 돌아오자 담임 혼자 남아 책상을 정리하고 있었다. 오늘 청소하기로 한 애들은 보이지 않았다. 왜 마무리를 혼자 하고 있냐고, 그렇게 애들을 봐주는 게 꼭 좋은 것은 아니라고 말하고 싶었다.

뭘 보고만 있어? 돕든가 가든가.

샘. 화장실에서 담배를 피우지 못해 괴로운 애는 소수예요. 선생님이 몇몇 애들한테만 신경 쓰는 거 아니냐고 불만 있는 애들도 있어요.

성경에 백 마리 양을 가진 사람이 한 마리의 양을 잃어버리면 99마리의 양을 남겨두고 그 한 마리를 찾아 헤맨다는 얘기가 있지. 들어봤을 거야.

　교실엔 99개의 쓰레기가 바닥에 있었고 1개의 쓰레기만이 쓰레기통에 있었다.

이해할 수 없는 성경 중에 제일 이해 안 되는 얘기예요.

난 이해할 수 없는 성경 이야기 중에 가장 이해되는 이야기야.

난 그 이야기의 핵심은 우린 누구나 그 한 마리의 양이 될 수 있다는 거로 이해했어. 우리 중 누구라도 뜻하지 않게 병에 걸리거나 다치거나 길을 잃어도 나를 끝까지 찾아 줄 거라는 믿음. 그게 무리의 정신이고 공동체의 목표이고 성경의 가르침이라고 말이야. 남은 99마리는 어떻게 생각했을까? 와, 우리 주인은 정말 개념 없어. 저 띨띨한 한 마리 찾는 시간과 힘을 우리에게 쏟는다면 훨씬 더 이익일 텐데라고 생각했을까? 아니. 난 아니라고 봐. 남은 99마리는 안심했을 거야. 아, 우리 중 누가 길을 잃어도 저 주인은 최선을 다해 찾아주겠구나 하고 말이야. 너희들 중 누구라도 저렇게 문제를 일으키면 난 그 문제에 최선을 다할 거야. 그게 내가 월급 받는 이유니까.

 길을 잃고 나가버리면 차라리 낫죠. 한 마리의 양아치가 나가지도 않고 남아서 다른 양들을 괴롭히면 어쩌실건데요? 99마리의 양들을 겁에 질리게 하면요?

 양아치가 늑대는 아니야. 잡아먹지 않아. 하지만 늑대가 되면 내보내 줘야지. 늑대가 살 곳은 우리 안이 아니니까. 그게 늑대를 위해서도 좋은 일이니까.


4월의 해는 생각보다 짧았다. 정기 공연을 위한 오늘 동아리 연습은 어차피 늦었다. 갈아입은 옷이 아까웠다. 그냥 집에 갈까 하다 오영은 농장으로 갔다. 쌈 채소를 심는 시기였다. 쌈 채소의 연두를 기다리는 일은 설레는 일이다. 어둑해져도 할 일이 있을 거다. 그리고 무엇보다 아빠와 오늘의 이야기를 하고 싶었다. 아빠는 잘 듣는다. 생각하며 가는 거리는 생각보다 짧다. 비닐하우스에 들어서는데 낯선 어른들이 여럿 있었다.

이걸 지금 가만 놔두면 되겠습니까?

아니, 사람들 먹는 정수장 코앞에 골프장을 짓는다는 게 제정신이냐구요.

어른들은 흥분하고 있었다. 아빠는 여전히 듣고 있었다.

아, 형님 무슨 말이라도 해 보세요.

아빠가 천천히 입을 열었다.

일단 시장이 골프장을 만들어도 사람들 먹는 수돗물에는 이상이 없다고 했으니까 조금 기다려보는 게 좋을 것 같습니다.

그 인간 말을 어떻게 믿어요.
그게 뭐야… 그… 핸드폰으로 지 얘기하는….

핸드폰으로 얘기하지 뭐 딴 것도 해?

아니… 그게 뭐야… 사진도 올리고 잘난 척도 하고… 아이고 답답해. 하여튼 거기다가 정부에서 이상 없다고 보증을 해 줬다고.

 나랏돈을 갖다 썼나 보증은 왜 서? 정부가?

 아, 형님은 좀 가만히 좀 계셔봐요.

 아따 뺨은 골프장에서 맞고 눈은 왜 나한테 흘기는 거여?

 여튼 그게 다 거짓말이라는 거 아니에요.

말들이 방향을 잃고 있었는데 현석이 삼촌이 한마디 툭 던졌다.

 정 안 되면 골프장 공사장 앞에 가서 삭발하고 단식 투쟁이라도 해야지요.

계절이 바뀌어도 여전히 입고 있는 낡은 예비군 군복이 그 말을 무겁게 만들었다.

 한 번에 한 팀만 럭셔리하게 받을 거야.
싸구려 팀은 여럿을 받아 봐야 돈이 되지 않아.

갑자기 용해의 말이 떠올랐다. 점심시간에 식판을 놓고 돌아서는 오영에게 다짜고짜 던진 말이었다. 여기 좀 앉아 봐. 뒤쪽에 따라오던 물결이가 잠깐 멈칫하더니 그냥 흘러갔다.

사장님이 돈을 끊었어. 돈을 끊었으니까 발길도 끊을 거고 그럼 우리 집은 빈 거나 다름없어. 그나마 고마운 건 우리 집에 비싸게 꾸며놓은 것들은 가져가지 않은 거지. 중국 부자들 입맛 그대로.

사장님이 아빠라는 건 알겠어. 그런데 중국 사람이었어?

너 내가 왜 '이' 씨가 아니고 '리' 씨인 줄 몰랐던 거야?

아니, 난 유현진이 아니고 류현진이라고 하니까 그런 거랑 비슷한 건 줄 알았지.

됐고, 일단 난 좀 급해졌어. 늦어도 이번 방학부터는 시작해야 해. 엄마를 또 하녀처럼 만드는 것 같아서 마음에 걸리긴 하지만, 사장님하고 처음 만났을 때도 말이 한국어 교사였지 하녀나 다름없었다고 했으니까 그냥 처음부터 다시 시작한다고 생각하면 돼. 젠장, 시작이 그 모양이니까 사장님이 우리를 우습게 아는 거야.

놀랄만한 얘기를 이 사람 많은 곳에서 다다다 뱉어내는 용해를 오영은
물끄러미 바라봤다.

 너랑 좀 조용히 얘기하고 싶었지만 네가 워낙 바쁘니까 이렇
게 하는 거야.

 그래 그래. 알겠어. 나도 니 얘기를 좀 되새김질하자.

혹시 용해는 중국의 부자들을 통해 아버지의 소식을 확인하고 싶은 걸
까? 오영은 농장으로 오면서 생각했다. 아니면 그들 부자들을 통해 아버
지에게 소식을 전하고 싶은 걸까? '우리 이렇게 비참하게 살고 있어요.'
라고. 그런데 왜 나를 파괴하면서 내가 원하는 걸 상대에게 말하고자 하
는 걸까? 현석이 삼촌이 말하는 단식 투쟁도 그렇다. 나를 괴롭혀서 상대
가 마음 아프게 하는 게 효과가 있는 것일까?

 정수장에는 이상 없다는 시장 말이 거짓말이라면 골프장은 반
드시 막아야겠죠. 정수장 물은 이 도시 사람들 전부가 먹는 물
이니까. 다만 제 생각에 이 문제는 여기 텃밭 공동체랑 오늘
오신 분들만 가지고는 해결되기 어려울 것 같습니다. 삭발을
하든 단식을 하든 혼자서는 힘들다는 거죠. 제가 더 많은 분에
게 연락해보고 다시 모일 수 있도록 하겠습니다.

사람들이 돌아가고 자리를 정리하려다 보니 따뜻한 차는 그대로 있고 찬물을 담았던 물컵만 전부 비어 있었다. 벌컥벌컥. 목이 탔나 보다. 아빠는 계속 걸려 오는 전화를 받고 있었다. 설거지가 다 끝나고 오영이 손까지 씻고 나자 아빠는 돌아섰다.

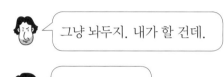 그냥 놔두지. 내가 할 건데.

 오릉이 밥은?

 아차.

아빠가 사료를 담는 통을 여는데 또 전화벨이 울렸다. 내가 할게. 오릉은 부르기도 전에 천천히 오고 있었다.

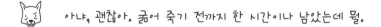 배고프지?

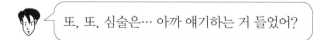 아냐, 괜찮아. 굶어 죽기 전까지 한 시간이나 남았는데 뭘.

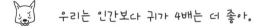 또, 또, 심술은… 아까 얘기하는 거 들었어?

우리는 인간보다 귀가 4배는 더 좋아.

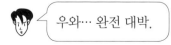 우와… 완전 대박.

무슨… 귀는 눈처럼 닫을 수가 없어서 듣기 싫은 것도 다 들어야 하거든. 그것뿐만이 아니야, 이해할 수 없는 것도 무조건 들어야 해. 피곤한 일이야.

 물도 좀 들면서 식사하세요.

 안 웃겨. 크크. 근데 인간은 참 웃겨. 족제비도 다친 친구가 있으면 목숨을 걸고 데려가고, 얼룩말들도 사자를 막기 위해서 서로 돕는데 인간만 서로 죽이려고 덤빈다는 거지. 서로를 먹을 것도 아니면서.

 헐….

 하나만 물어보자. 골프가 그렇게 재미있는 거야? 그런데 골프는 한 사람이 놀기 위해서 너무 많은 땅을 필요로 하는 거 아니야?

 두 가지 물었어. 어쨌든 그래서 너무 많은 나무를 베어내기도 하지.

 앞으로 이 농장이 시끄러워지겠네.

우리도 밥 먹자. 아빠가 불렀다. 오영은 오릉의 머리를 잠깐 쓰다듬고 비닐하우스 안으로 들어갔다. 밥 생각 별로 없는데. 나도 그래서 간단히 국수 만들었어. 날도 아직 쌀쌀하니까 잔치국수 어때? 멸치 다신 국물 냄새가 좋다. 기름을 두르지 않은 냄비에 멸치를 살짝 볶다가 물을 부으면 비린내가 나지 않았다. 거기에 다시마를 넣고 끓이는 국물은 무뚝뚝하지만 속이 깊었다. 아빠는 면을 삶고 있는 냄비를 보고 있었다.

사람들 말이 맞는 것 같던데 아빠는 왜 말리려고 하는 거야?

골프장? 말리는 거 아냐. 흥분해서 해결되는 일은 없어. 개를 예로 들어 볼까? 크고 힘이 센 개들은 잘 짖지 않아. 작고 힘없는 개들이 신경질적으로 짖는 거야. 그건 무섭다는 거지. 큰 상대를 대할 때는 되도록 냉정해야 해.

물이 끓어 넘치고 있었다. 아빠는 얼른 찬물을 한 컵 부었다.

면을 삶을 때 물이 끓으면 한번은 찬물을 넣어 줘야 해. 그래야 면이 훨씬 맛있어지거든.

사람들이 끓고 있을 때 아빠가 찬물을 부었다는 거야?

오래갈 싸움이니까. 이겨야 하니까.

골프장이 생기면 좋은 점도 있지 않을까? 사람들이 많이 올 테니 이 동네 사람들이 거기에 취직도 할 수 있고, 주변에 음식점도 생기면 손님도 늘어날 거고.

그런 일도 분명 있겠지. 그런데 그건 순전히 경제적인 관점에서만 보고 있는 거야. 경제라는 것도, 돈이라는 것도 사람의 기본적인 삶을 망가뜨리면서까지 발전할 수는 없는 거야.

엄마였다면 어땠을까? 엄마는 무언가 다르게 생각하지 않았을까 싶었다. 아빠는 뜨거운 물에서 면을 꺼내 찬물에 헹궜다. 찬물에 들어갔다 나온 국수는 윤기가 흘렀다. 널찍한 그릇에 국수를 담고 육수를 부었다. 참기름에 무친 김치를 고명처럼 올려 오영 앞에 내밀었다.

 잔치국수는 말 그대로 국수와 국물이 기본이야. 김치가 아무리 맛있어도 주인공은 아니라는 거지. 경제도 그런 거 아닐까. 돈이 된다고 나무를 베어내고 어울리지 않는 잔디를 심고 그 어울리지 않는 잔디를 키우기 위해서 농약을 뿌려대고. 그러면서 그 주변의 모든 삶에는 해악을 끼치는 일은 모래 위에 화려한 집을 짓는 일 하고 비슷해. 사람을 세워 놓고 밥을 주면서 발밑을 파는 것하고 같다는 말이지. 국수라고 하면서 맵고 짠 김치만 주는 것과 같아.

아빠는 피곤해 보였다. 생각보다 낯을 가리는 아빠가 많은 사람에 둘러싸여 많은 이야기를 듣는 일이 쉽지는 않았을 것이다.

 나 오늘 여기서 자고 갈래.

밖에서 멍멍하고 큰 소리가 났다.

 갑자기? 엄마한테 말했어? 엄마 오늘 집에 있는 날 아니야?

 지금 전화하면 되지 뭐.

 내일 갈아입을 옷은?

 무슨 교복을 갈아입어? 내 운동복 빨아 놨지? 그거 입고 자면 돼.

 허락부터 받아. 그럼 설거지 끝나고 창고 방에 불 넣어줄게.

아빠가 설거지하는 사이에도 전화기는 계속 아빠를 부르고 있었다.

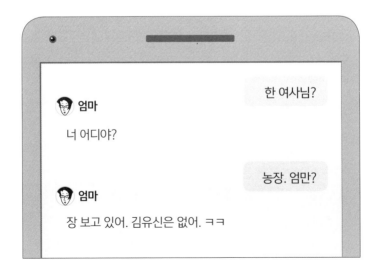

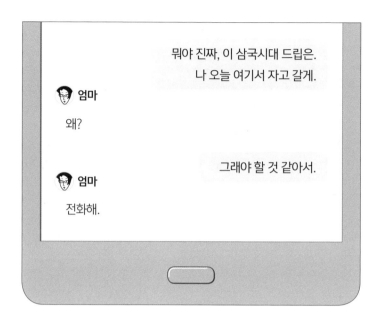

엄마의 얘기는 간단했다.

 니네 아빠 단점이 뭔지 아냐? 매사 심각하고 거창하다는 거야. 경제가 어쩌고저쩌고는 무슨… 아빠가 골프장을 반대하는 이유는 한 가지. 내가 볼 때 그건 너 때문이야. 더러워지고 위험한 물을 자식한테는 먹일 수 없다는 거지. 그건 아마 오늘 거기 모인 사람들 대부분이 그럴걸.

전화를 끊고 고개를 들어 하늘을 봤다. 달이 적어서 별이 좋았다. 천천히 농장을 걸었다. 오릉이 따라 왔다. 오영은 이어폰을 꺼내 음악을 들을까 하다가 그만뒀다.

사람들은 누구나 갇혀 있지.

보이지 않는 울타리. 걷다 보면 부딪치지. 눈을 감고 열 걸음만 걸어봐.

지구에서 내보내 줘. 이 시간에서 내보내 줘.


밖은 위험하다고 여기가 안전하다고, 밖은 춥다고 여기가 따뜻하다고 말해주지 않아도 돼. 그건 나도 알아. 그래도 난 넘을 거야. 아직 키가 작아서 울타리가 높으면 아래로 땅을 파서 나갈 거야. 새 자리. 내가 나가면 만들어질 자리. 난 내 자리를 밖에서 만들 거야. 못 돌아와. 문을 잠글 거야. 겁주지 마. 안 그래도 겁이 나서 미치겠어.

지구에서 내보내 줘. 이 시간에서 내보내 줘.


농장이 작아졌다. 아빠도 원하지는 않았지만, 이 작은 땅에서 세상 밖으로 떠밀리고 있었다. 오영은 문득 자기 자신도 여기서 내보내질 시간이 멀지 않다고 느꼈다. 따뜻했을 엄마의 배 속에서 영원히 있을 수는 없었던 것처럼. 새가 알을 깨고 나오는 것처럼. 그렇게 무언가를 넘어서면 새로운 게 있을 거라고 생각했다. 내 몸을 빠져나간 피가 다른 사람 생명의 한 부분이 되는 것처럼. 오영은 그래서 그렇게 내보내질 날들이 조금은 기다려졌다.

# 3장
## 지켜본다

아침부터 오냥이 불안한 얼굴로 베란다에서 서성이고 있었다. 어제 시험공부 한답시고 늦게 들어오면서 대충 담아준 그릇에도 사료가 그대로 있었다.

갑자기 왜 그래?

아무것도 아니야.

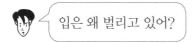
입은 왜 벌리고 있어?

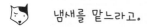
냄새를 맡느라고.

입을 벌리고?

우리는 입안에도 후각 세포가 있거든.

 그래? 참 너희 고양이들이란… 근데 밥은 거기 있잖아?

 밥이 문제가 아니야. 새벽에 잠깐 스치고 지난 냄샌데 무슨 냄새 인지 기억이 안 나.

 중요한 거야?

 말 시키지 말고. 너나 밥 먹고 학교 가.

봄이 본격적으로 시작되자 엄마도 바빠지기 시작했다. 엄마에게 5월은 대목이다. 축제는 5월에 많았고 축제는 가수를 불렀다. 축제 속에서 엄마만 축제가 아니라고, 엄마는 얘기했다. 엄마는 새벽에 들어와 아직 깊은 잠일 것이다. 하지만 오냥이 불안했다. 엄마를 깨워야 할 것 같았다. 방문을 열자 침대 옆에 벗어둔 목걸이에서 코를 골던 예수님이 먼저 부스스 눈을 떴다.

 잠든 지 두 시간도 안 됐어.

 아, 미안합니다.

 새벽에 비까지 맞고 오느라고 엄마가 오늘은 좀 힘들어.

 우산은요?

 엄마가 우산 쓸 손이 어디 있어? 협찬 받은 옷이 젖으면 안 되니까 그거 부둥켜안고 뛰느라 비 다 맞았지.

 아, 그럴 때는 예수님이 비를 좀 멎게 해주면 좋잖아요?

 비를 멎게 해 주는 게 내 일은 아니야, 내 일은 우산을 씌워주는 거야.

 우산을 씌워주지도 않았잖아요? 전 가끔은 예수님이 엄마 목걸이 밖으로 한 걸음도 나오지 않는 것처럼 느껴져요.

 비 맞은 중처럼 뭘 그렇게 중얼거려?

엄마가 눈도 뜨지 않고 물었다.
깜짝.

 오냥이 이상해.

 뭐가?

 계속 베란다에서 쿵쿵거리면서 왔다 갔다 하고 있어.

봄이잖아, 밖에 잘 생긴 수놈이라도 있나 보지.

 아, 그건 아닌 것 같아. 얘가 말도 싸가지 없이 해.

엄마가 눈을 번쩍 떴다.

 오냥이 말을 해? 말이 돼?

 아니 아니, 싸가지 없이 꼬리를 흔들어.
아니 아니, 그러니까 그게 뭐냐면.

예수님이 고개를 젓더니 엄마 목걸이에서 내려와 하품을 하며 서랍 속으로 들어갔다.

 그니까 내 말은… 에효, 내가 말을 말아야지.

 국 끓여 놓은 거 있어. 밥이나 말아 드셔.

나와 보니 여전히 오냥은 불안해하고 있었다. 다가가서 안으려고 하니까 손을 '탁' 쳐냈다.

 그만. 나 좀 그냥 놔둬.

가만히 두는 게 좋을 것 같았다.

씻고 밥을 먹고 교복을 입는 동안에도 오냥은 여전했다.

오영은 가방을 메고 나오며 계속 뒤돌아보았다. 오냥은 이제 굳은 듯 베란다에서 밖을 보고 있었다.

 수학여행이 취소됐습니다.

조회 시간에 담임이 처음 꺼낸 말이었다. 아, 씨발. 소리가 작게, 크게 들렸다. 담임은 예상한 듯, 늘 그렇듯 별 반응이 없었다.

 일단 교장 선생님이 설명하신다고 했으니까 다들 운동장으로 나가세요.

새벽에 비가 온 덕분에 운동장은 질퍽거리고 있었다. 체육관은커녕 한 학년이 들어갈 만한 시청각실도 없는 학교에서 모일 곳이라고는 운동장 밖에 없었다. 아, 씨. 이런 날은 체육관에 모이라고 하든지. 중학교가 졸업식 외에는 이제 안 빌려준다고 했다는데? 졸라 치사하네. 그럼 축제는? 모르지 뭐.

줄 제대로 서. 거기 몇 반이야? 소리가 귀를 때렸다. 씨발 소리도 아주 자연스럽게 커졌다. 설명은 아니었다. 통보였다. 이거 들으라고 여기에 모이라고 한 거야? 반장이라고 맨 앞에 서 있던 오영 뒤에서 나온 소리는 구령대 위까지 충분히 들릴만했다. 진흙이 미안했는지 신발에 묻은 흙에 교실이 더러워지는 게 싫었는지 얘기는 짧게 끝났다.

난 안 가서 좋은데? 넌 어때?

우르르 몰리는 현관이 싫어 멀찍이 떨어져 있는 오영 옆에 언제 왔는지 물결이가 서 있었다.

 나름 기대하는 애들이 꽤 되던데?

 기대는 무슨. 선생들 눈 피해서 술 먹거나 끼리끼리 짱박힐 생각에 들뜬 거겠지.

지난겨울 이후로 물결이는 변해 있었다. 무엇보다 외모가 달라졌다. 연예인 분위기가 났다. 강남 가서 했다는 쌍수는 자연스러웠다. 안경을 벗었고 옅은 화장은 촌스럽지 않았다. 무엇보다 교복 위에 걸치고 다니는 옷이 비싼 거였다. 외모가 달라지자 굽어 있던 어깨도 펴졌다. 하지만 펴진 어깨에서 나오는 말은 뾰족했고 거칠었다. 미애와는 달리 낯설었다. 그 말들이 자석의 같은 극처럼 오영을 밀어냈다.

 되게 오랜만인 것 같다.

 니가 바쁘잖아.

 내가 바빠?

반장에, 동아리에, 봉사활동에, 아빠 일도 돕고, 용해도 돕는다며?

동아리, 봉사활동, 아빠 일은 원래 물결이가 알고 있던 일이었다. 나서는 애가 없어 등 떠밀려 된 반장도 충분히 알 수 있는 일이었다. 그런데 용해를 돕기로 했다는 얘기는 어떻게 알게 된 거지? 오영은 용해 부분에서 목소리가 올라가는, 그리고 떨리는 물결이를 아무 말 없이 쳐다봤다. '혹시 너 아직도?'라고 묻고 싶었다. 복도에서 우연히 마주치거나 식당을 가는 길에 용해를 만나도 늘 그 주변에는 물결이가 있었다. 용해랑 같이 있는 것도 아닌 한 발짝 떨어져 물결이가 있었다. 그건 우연이 아닐 것이다. 너 힘들겠구나.

 용해가 아직 너한테 얘기 안 했어? 너한테도 곧 말할 거라 하던데?

거짓말이었다. 말이든 행동이든 거짓은 티가 난다.

 그래, 그렇게 말해줘서 고맙다.
네가 그렇게 얘기하니까 정말 그렇게 되겠네.

애들 사이로 묻혀가는 물결이의 치마가 짧았다. 추워 보였다. 곱슬거리던 짧은 머리가 스트레이트 파마를 했는지 소리가 날 것처럼 곧고 길게 찰랑거렸다. 오영은 짧게 한숨을 쉬고 교실로 올라갔다.

교실에 돌아와서도 소리는 가라앉지 않았다. 따라 들어온 담임은 욕이 가라앉을 때까지 가만히 지켜보고 있었다. 샘, 이거 말도 안 되는 거 아니에요? 헌혈하던 날 화장실 사건 이후로 어쩐 일인지 무단 조퇴나 결과가 없어진 종수가 물었다. 오영은 그동안 종수가 하루종일 자빠져 자면서도 나가지는 않는 이유가 궁금했지만, 말을 섞고 싶지는 않았다.

 그래서 우리 반은 우리 반끼리 수학여행을 갑니다.

 네?

기대도 하지 않았지만, 담임이 이렇게까지 나올 거라고는 아무도 예상하지 못했다. 우리 반만? 말이 돼?

 이번 시험 끝나고 주말하고 부처님 오신 날 끼어 2박 3일입니다.

담임이 무언가 결심한 듯 굳은 얼굴로 얘기했다. 평소의 무표정과 굳은 얼굴은 다르다. 분위기가 어색해지자 농담이 나왔다.

 샘, 현장체험학습이에요.

 예전에 그 이름하고 비슷한 텔레비전 프로그램이 있었습니다. 연예인들 데려다가 생고생시키는 프로그램이었죠. 안 해 본 일 처음 하는 연예인은 죽을죄를 지은 사람처럼 연기하고, 저

임금에 온갖 불이익을 받으며 일하는 노동자들은 그때만 무슨 대단한 일을 하는 것처럼 최면을 걸던 프로그램. 니들이 현장을 가는 것도 아니고 가서 체험을 할 것도 아니니까, 난 그냥 여행이라는 말이 붙는 게 더 맞다고 생각합니다.

어디로 갈 건데요?

그건 니들이 정하세요.

학교가 끝나고 나면 단톡방에 200개씩 글이 올라왔다. 그것도 한 시간마다. 그리고 그 글 앞에 붙어 있는 29라는 숫자는 한 시간도 되지 않아 모두 사라졌다. 담임도 들어 있는 단톡방이었다. 숫자가 모두 사라졌다는 것은 담임도 읽었다는 뜻이었다. 그러나 담임은 어떤 멘트도 달지 않았다. 그 안에서도 유행이 있었다. "비행기 한번 타보자."가 대세를 이루더니 각종 '월드'와 '랜드'를 향해 손길이 넘쳐났다. "나 한 번도 안 가봤음.", "뻥이면 죽통 백 대." 기대는 풍선처럼 부풀었다. 오영은 그게 불안했다. 풍선은 터진다. 그것노 아주 작은 바늘에. 학교의 방침과 다른 방향으로 가는 담임이 뭘 믿고 저러는지 궁금하기도 했다. 설마 이사장 딸이기라도 한 거야?

오늘은 시를 한번 읽어 봅시다. 문학 시간, 담임 시간이었다. 교과서도 한번 보지 않고 오직 프린트 몇 장으로만 수업하는 담임이 나눠 준 종이의 맨 위에는 빈집. 기형도라고 쓰여 있었다. 야, 기형도가 칼이냐? 생긴

게 이상한 모양인데? 야, 병신아 칼이 아니고 섬이잖아. 기형도, 제주도 모르냐? 아이들은 웃었다. 담임은 웃지 않았다.

 사람 이름입니다. 시인이죠. 젊은 나이에 세상을 떠났습니다.

 ….

 여러분이 몰라서 웃는 건 당연합니다. 정말 웃기는 건 몰라서 웃는 걸 보면서 웃는 비웃음입니다. 우리는 보통 무식을 보고 웃습니다. 그런데 모르는 일이 우스운 일은 아닙니다. 오히려 모르는 걸 모른다 하지 않고 아는 척하는 일이 우스운 일입니다. 기형도를 몰라도 됩니다. 그러나 기형도를 모른다고 비웃으면 안 된다는 것을 여러분들은 알아야 합니다.

사랑을 잃고 나는 쓰네

첫 줄에서 물결이가 생각났다. 쓰네. 사랑을 잃으면 시인은 시를 쓰지만 물결이의 삶은 쓴맛이 되는 것일까? 도저히 입에 담을 수 없을 만큼 쓴 그 무엇을 주변에 뱉어내야 하는 것일까?

가엾은 내 사랑 빈집에 갇혔네

마지막 줄이었다. 스스로 가두지는 않았다는 말이었다. 어쩔 수 없이라는 말이 앞에 있는 것 같았다. 결국 물결이는 우리로부터 스스로를 가 둔 것이 아니고 어쩔 수 없는 상황에 갇힌 것이라는 생각이 들었다. 어쩔 수 없는 무게, 어쩔 수 없는 통증, 어쩔 수 없는 절망 속에 갇혀 물결이가 스스로를 괴롭히고 있다는 생각이 들었다. 오영은 그 괴로움을 도와줄 수 있는 방법이 없었다. 이혼하기 전 엄마의 분노에 괴로워하던 아빠는 탈레스가 했다는 말을 중얼거리고는 했었다. "시간은 세상에서 가장 지 혜롭다. 시간이 지나면 모든 것이 밝혀지기 때문이다." 그러나 오영은 시 간이 세상에서 가장 지혜로운 것은 맞지만 그건 모든 걸 밝혀 주기 때문 이 아니라 모든 걸 잊게 해주기 때문이라고 생각했다. 물결이에게 시간 이 빨리 흘러갔으면 했다.

똑똑.

교실 앞문으로 눈이 모였다. 문 뒤에서 손만 보였다. 잠깐 나와 봐요. 담임은 잠깐 입술을 깨물더니 문 쪽으로 갔다. 나가지는 않고 얼굴만 내 밀었다. 지금 수업 시간이에요. 이래도 되는 겁니까? 담임은 다시 몸을 돌렸다. 잠깐 갔다 올 테니까 자습… 아니, 수학여행 어디로 갈지 정하고 있으세요. 오늘까지 정하지 못하면 내 맘대로 정할 겁니다. 시간도 없으 니까. 오영. 니와서 회의 진행하세요.

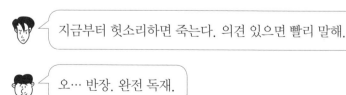

지금부터 헛소리하면 죽는다. 의견 있으면 빨리 말해.

오… 반장. 완전 독재.

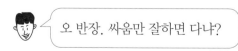

오 반장. 싸움만 잘하면 다냐?

이것들이… 시간 없다고! 분위기 파악 안 되냐? 담임 불러갔
잖아! 얼른얼른 정해서 숙소도 예약하고 프로그램도 짜야 할
것 아냐? 안 그럼 아주 X 되는 거야.

 오… 반장 욕도 잘해.

 아, 귀찮아. 그냥 니가 정해.

 그래 니가 우리 반 1등이잖아.

누가 들으면 내가 곧 서울대 가는 줄 알겠네. 고맙다 인간들아. 내가
이 반 아니면 어디 가서 1등 소리 한번 듣겠냐.

 귀찮은 건 맞아. 귀찮으니까….

우리 반 2등이자 역시 떠밀려 된 부반장. 올해도 같은 반인 기수였다.
참 한결같은 기수. 동아리에서는 춤이 늘지 않았고 학급에서는 인기가
늘지 않았다. 하지만 갑자기 반짝할 때가 있었다. 오랫동안 굴리고 굴려
온 생각이 폭죽처럼 펑 하고 나오면 주변이 밝아졌다. 애들도 그걸 아는
지 입을 다물었다.

 수학여행은 가되 아무것도 하지 말자. 어디든 가서 자기가 하
고 싶은 것만 하고, 하기 싫으면 아무것도 하지 말자.

종수가 "좋아!" 했다. 기수 얼굴이 빨개졌다. 종수 무리도 반대하지 않았다. 그래 맞아. 우리는 너무 귀찮은 일이 많아. 여행은 일이 아니야. 공부도 아니야. 귀찮은 일에서 떠나는 거야. 그냥 떠나면 되는 거야. 떠났는데 귀찮으면 안 되는 거야. 펜션을 빌리기로 했다. 연휴라 비쌀 거라는 걱정도 있었지만 구석진 곳에 낡고 인기 없는 펜션도 많았다. 펜션은 오영이 알아보기로 했다.

몇 가지 얘기를 더 하면서 시간이 가고 종이 쳤지만, 담임은 돌아오지 않았다.

화장을 하는 일은 가면을 쓰는 것 같았다. 가면을 쓴 것처럼 얼굴이 답답했고 가면을 쓴 것처럼 마음이 편하기도 했다. 특히 무대에 오르기 전에 화장을 하면 선글라스를 쓴 것처럼 자신감이 생겼다.

 니네 담임이 원다민이야? 니네 반만 수학여행 간다며?

틴트를 다 바르고 눈썹을 그리는 중이었다. 아이브로우가 삐끗했다. 잘못하면 앵그리 버드가 될 뻔했네.

 네, 맞아요. 어떻게 알았어요?

 학교에서 니네 반 얘기 모르는 사람이 어딨냐? 3학년들도 난리야. 우리도 니네처럼 작년에 취소됐거든. 언제 가는데?

시험 끝나고 바로 그 주에 가요.

이상하게 주말에 간다는 말은 하고 싶지 않았다.

정기 공연이 있는 날이었다. 점심시간이었다. 화장을 하고 있는 화장실에 이를 닦으러, 화장을 고치러 애들이 들락거리고 있었다. 유진 선배의 말소리가 징검다리처럼 띄엄띄엄했다. 마땅히 대꾸할 말도 별로 없었다.

 나 기획사 오디션 붙었다. 어차피 대학은 생각도 없었고. 그러니까 이제 학교에 잘 나올 필요도 없고. 더구나 3학년이 자꾸 무대에 나오면 좀 쪽팔리잖냐. 그래서 말인데, 나 오늘 마지막 공연이다.

마지막 말은 잘 들렸다. 아주. 뭐 그러든지.

날이 좋아서 잡은 야외 공연이었다.

작년부터 껄끄러웠던 '비트 브레이커'의 공연은 지난주 시청각실에서 있었다. 두세 반 정도만 들어가면 꽉 차는 시청각실. 좁아서 사람이 많아 보였고, 어두워서 조명이 필요했고, 그 조명 때문에 춤이 화려했다. 하지만 오영은 답답했다. 춤은 몸이고 몸은 밝은 데서 빛난다고 생각했다.

 오영. 우리는 밖에서 하자. 점심시간에.

 이야, 어떻게 너 내 생각하고 똑같냐?

 좋은 거지?

 물론이지. 우리 '라이크 미(like me)'의 대장답구만. 좋아. 좋아.

팀 이름도 기수가 만든 거였다. 기수가 만든 거여서 오영은 오케이 했다. 기수가 스스로를 인정하는 말 같았다. 그래, 점점 니가 라이크 해진다. 댄스동아리에서 춤 빼고 다 잘하는 기수. 기수를 부장시키기 잘했다는 생각이 들었다.

무대에는 제일 먼저 오영이 나섰다.

 제일 못하는 내가 원래 제일 먼저 나서야 하는 거야.

작년 축제 무대를 약간 바꾼 것이었다. 그다음 무대는 새로 들어온 1학년들이었다. 유치원 복장을 하고 동요를 믹스한 음악으로 "나처럼 해 봐요, 이렇게"를 중간중간 반복했다. 모여든 애들은 웃었다. 따라 했다.

무대를 끝낸 오영도 땀을 닦으면서 1학년을 보고 있었다. 하지만 오영은 무대 위의 후배들보다 무대를 바라보는 관객들에게 더 자주 눈이 갔다. 반응이 궁금했다. 곧 시험을 앞두고 있었고 비트 브레이커가 미리 김을 빼놔서 그런지 생각보다 많은 애들이 모이지는 않았다. 그래도 오영은 1학년들이 자기보다 더, '라이크 미'가 비트 브레이커보다 더 큰 박수가 나왔으면 했다. 그러다 한 녀석에게 눈길이 꽂혔다. 체육복을 입고 있었지만 학교 체육복은 아니었다. 가슴에 1학년들이 쓰는 노란 명찰이 붙어 있어 비슷했지만 곳곳에 디자인이 달랐다. 덥지는 않았지만 그렇다고 추운 날씨도 아니었다. 간간이 반팔도 있었다. 그런데 그 녀석은 지퍼를 입까지 올리고 모자를 눌러쓰고 있었다. 옷은 그렇다고 쳐도 학교에서 모자를 쓰고 다니는 애는 본 적이 없다. 학생부가 그냥 두지 않았을 것이다. 날라린가? 그런데 그 모자 밑으로 드러난 눈이 선했다. 눈만 보고도 웃고 있다는 걸 알 수 있었다. 더 놀라운 건 자기도 모르게 따라 하는 동작이 예사롭지 않다는 것이었다. 음악을 알고 있었다. 음악이 어떤 방향으로 튀든 쫓아가 잡을 수 있다는 자신감이 있었다. 마지막으로 유진 선배가 등장해 자신의 마지막 무대를 뽐내고 있을 때 녀석은 유진 선배가 하는 동작 하나하나를 정확하게 따라 했다. 쉽지 않은 동작과 박자였다. 그런데 조심스럽게, 최대한 남들 눈에 띄지 않으려는 듯 포인트만 짚어 가는 동작이 유진 선배를 앞서가고 있었다. 앞서는 그 동작을 유진 선배가 따라 하고 있는 것 같았다. 이제는 오히려 유진 선배가 힘겨워 보였다.

그런 유진 선배가 내려오자 1학년들은 예쁘고 발랄하게 호들갑을 뿌려 줬다. 언니 멋있어요. 완전 짱이에요. 말이 꽃이라도 되는 듯 한껏 귀 열어 찬사를 주워 담고 있는 유진 선배 뒤로 기수가 소리쳤다. 야, 무대 정리하자. 종 칠 거야, 빨리 옷 갈아입어. 그렇게 관객이 흩어진 자리에 녀석은 혼자 남아 넋이 나간 듯 무대를 바라보고 있었다. 오영은 그 녀석의 앞을 막아섰다.

 야, 너 뭐야? 춤 좀 하는 것 같던데?

당황하는 것 같았지만 눈을 피하지는 않았다. 그런 넌 뭐야? 하는 것 같았다. 눈이 내려가더니 오영의 가슴께 명찰에 닿았다. 노란색이 아니군. 선배네. 잠시 무슨 생각을 하는 것 같았다. 말을 기대했는데 짧은 한숨 소리가 들렸다. 그리고 천천히 몸을 돌려 자리를 뜨려고 했다. 오영은 어깨를 잡았다. 버티는 힘이 느껴졌다. 힘을 줘서 다시 돌리려는데 "악" 하는 소리가 들렸다. 되돌아 째려보는 눈과 마주쳤다. 그 순간 오영은 그 녀석의 눈과 눈 주변과 턱을 보았다. 어어… 오영은 얼른 손을 뗐다. 아니. 놀라서 힘이 빠진 손이 툭 떨어졌다. 미… 미안하다… 어깨를 잡은 것, 손을 뗀 것 모두 미안했다. 서둘러 주변을 훑었다. 다행히 이쪽으로 향한 눈은 없었다. 그러면서도 오영의 놀란 가슴은 진정이 되지 않았다.

# 4장
## 뿌리친다

반팔을 입은 애들이 늘어 가고 있었다. 살집이 있는 애들은 땀을 흘리기 시작했다. 교실 문 옆에 붙어 있는 냉방기 스위치를 혹시나 만져 보는 애들이 늘어가고 있었다. 그렇게 혹시나 하던 애들 대부분은 갈수록 더워지는 날씨에 시들시들해지면서 수업 시간 대부분을 책상에 얼굴을 대고 지냈다.

시들시들해지는 건 채소들도 마찬가지였다. 한여름 같은 낮이면 꽃이 진 자리에 열매를 달기 시작하면서 자리를 잡아가던 고추, 가지, 상추, 쑥갓들이 마치 곧 시들어 버릴 것처럼 고개를 숙이고 햇빛 아래 벌을 받고 있었다. 그리고 그 밑에는 호시탐탐 잡초들이 고개를 빳빳이 들고 기운차게 자라고 있었다.

 대견하긴 하다만 일단 내가 먹고살아야 하니까,
너희는 좀 비켜 줘야겠다.

아빠는 풀을 치면서 말했다. 뭐든지 때가 있다는 건 농사를 지어보면 금방 알 수 있는 말이었다. 6월에는 6월의 일이 있다. 이때 잡초를 정리해주지 못하면 여름에는 걷잡을 수 없게 된다.

토요일이었다.

 엄마는 내일 놀아 줄게.

 그럼 내일 오랜만에 같이 교회나 갈까?

엄마 목걸이가 흔들렸다. 그네를 타듯 그 위에 있던 예수님 얼굴이 급 밝아졌다.

 미안. 그건 아닌 거 같고. 내일 영화 보러 가자. 외식도 하고. 내가 고기 쏠게.

 오늘 일당 받아서? 그걸 누구 코에 붙이라고.

 그리고 오냥이 오늘 데리고 갈게. 요즘 애 우울하잖아.

 안 가.

 그럼 가서 이 오냥아치가 오릉이 못 때리게 해.

그럼 더 안 가.

오영이 얼른 오냥을 안아서 고양이 가방에 넣었다.

      야, 문 열어. 문 열라고.

오영이 현관문을 열었다.

      아니, 그 문 말고!!

 다녀오겠습니다.

 야! 선크림 바르고 나가!

  농장에 도착해서 오냥을 풀어주고 아빠랑 같이 딸깍이로 풀을 매는 중
이었다. 딸깍, 딸깍. 악어처럼 벌린 입으로 땅을 긁어 잡초를 뽑는 도구
였다. 쭈그려 앉지 않아도 돼서 허리가 아프지 않았다. 딸깍, 딸깍. 안녕
하세요. 처음에는 잘 듣지 못했다. 갑자기 큰 소리가 났다. 안녕하세요.
깜짝 놀라 뒤를 돌아보니 용해가 와 있었다. 같이 고개를 돌린 아빠는 아
무렇지 않게 대답했다. 어서 와.

 어서 와? 뭐야, 두 사람 왜 이렇게 자연스러워.

용해가 너한테 오늘 여기 온다고 얘기 안 했어?

 전 오늘 오영을 보러 온 게 아니구요, 아버님을 뵈러 왔어요.

 니가 우리 아빠를 왜 보러 와?

멀리서 또 오릉이 멍멍 짖고 있었다. 용해를 뚫어지게 쳐다보던 오냥이 오릉이 얼굴에 펀치를 날렸다.

 아, 쫌 조용해 봐. 쟤 누구야?

 앞으로 니 형부 될 사람이다. 이 망할 냥이야.

 오… 괜찮은데….

용해는 반 팔이었다. 드러난 팔이 일 잘할 팔뚝이었다. 어른 같은 모양이었다. 용해는 얼른 아빠의 딸깍이를 뺏어 풀을 치기 시작했다. 아빠는 기다렸다는 듯 뺏겨줬다.

 내가 요즘 골프장 때문에 밭을 잘 못 돌봤더니 저쪽 토마토밭엔 잡초가 벌써 한 키야. 낫질을 해야 할 것 같으니까. 니들 둘은 여기서 딸깍이로 키 작은 애들 좀 치워 줘.

용해는 아무 말 없이 풀을 치기 시작했다. 작년에 비해 훨씬 능숙해진 솜씨였다.

 너 나 없이도 여기 왔었어?

 응. 몇 번. 지난 주말에도. 너 수학여행 간 동안.

 왜?

 내가 그걸 너한테 일일이 말해야 돼?
남자들은 남자들끼리만의 시간이 필요한 거야. 음음.

 니가 요즘 덜 맞았구나.

 펄펄 나는 저 꾀꼬리 암수 서로 정답구나. 외로워라 이 내 몸은….

오냥이 다시 한번 앞발을 들자 오릉도 얼른 오냥만한 앞발을 들어 오냥의 목에 척 걸쳤다. 깔린 오냥이 캑캑거리면서 욕을 하고 있었지만, 오릉도 오영도 봐 주지 않았다.

수학여행은 재미있었어? 요즘 니네 반 때문에 아주 학교가 난리다. 니네 반 어벤져스들 내보내 줘서 마음껏 담배 피우게 해 준다고 우리 반 애들도 난리고. 다른 반은 못 가는 수학여행 멋대로 갔다고 선생들도 난리고.

종수가 요즘 고분고분해졌다 했더니 담임이 외출증을 막 끊어 줬구만.

그리고. 그래. 수학여행. 지난주가 수학여행이었구나. 말이 수학여행이지 부모들이 어디서 어떤 얘기를 들었는지 3분의 1은 빠져서 그냥 몇몇이 놀러 가는 분위기였다. 어쨌든 나름 괜찮았다. 아빠가 알려 준 펜션은 말만 펜션이지 덩치만 커다란 창고 같은 분위기였다. 도대체 이런 곳에서 왜 펜션을 하는 거지? 여기를 찾아오는 사람이 있기는 한 거야? 그러니까 이 연휴에 우리 같은 단체를 받았겠지. 텔레비전도 없고 중간중간 아무렇지 않게 책만 몇 권 뒹구는 곳에서 애들은 아무것도 할 게 없었다. 그렇게 아무런 놀 것이 없는 곳에서 애들은 당연하게 처음 하루 욕을 입에 달고 살았다. 와이파이도 없어서 데이터를 써야 하는 애들은 핸드폰을 접었고 무제한 데이터를 들고 있는 애들 주변으로 몰렸다. 야야, 배그하자. 나 한판만. 너 잘하냐? 그렇게 핸드폰 수가 줄어들자 서로 말이 많아졌다.

제일 큰 문제는 밥이었다. 냄비 몇 개와 간단한 그릇. 불구멍 두 개짜리 가스레인지 1대. 장작과 화롯대가 제공되는 전부였다. 라면도 세끼를 연달아 먹을 수는 없었다. 밥이 당기고 고기가 필요했다. 필요하면 버스 타고 나가서 사 오던지 사장님 일을 해주고 얻는 수밖에 없었다. 그나마

한 가지 다행인 것은 불을 가지고 있는 애들이 많아서 불을 피우기는 좋았다는 정도였다.

담임은 그런 과정에 끼어들지 않았다. 아무 말 없이 보고만 있었다. 아무것도 하지 말자며? 그게 애들의 원망에 대한 유일한 답이었다. 반장, 어떻게 좀 해봐. 일단 다 모여봐. 안 되겠어. 먼저 규칙이 있어야 할 것 같아.

밥을 할 팀과 불을 피울 팀. 음식을 구할 팀과 설거지 및 청소를 맡는 팀. 일어나야 할 시간과 자야 할 시간. 먹어야 하는 시간과 치워야 하는 시간이 정해졌다. 정할 수밖에 없었다. 종수네도 예외가 될 수 없었다. 그렇게 역할이 나뉘자 자기 시간이 생겨나기 시작했다. 자기 시간이 생기자 그 시간이 아까워지기 시작했다. 시간이 아까워서 애들은 자기 시간에 최선을 다해 잠을 자고 멍 때리고 게임을 하고 괜히 뒷산을 오르락거렸다. 심심했다. 심심해서 좋았다. 제일 좋은 건 그 모든 걸 누구의 강요도 아닌 스스로 만들어낸 규칙 속에서 하고 있다는 거였다.

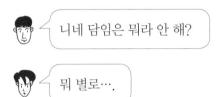

니네 담임은 뭐라 안 해?

뭐 별로….

그 사이에 애는 여기를 왔다 갔구나. 그런데 내가 없는 걸 알고 온 건가? 왜?

그나저나 담임은 곤란하겠구나. 돌아온 날 단톡방에서는 '졸라 힘들었어.'와 '또 가도 괜찮겠는데.'가 비등비등했다. 이 정도면 뭐. 그렇게 애들이 수학여행을 돌아보고 있을 때 담임은 학교에서 궁지로 몰리고 있었다. 학교 밖을 나가지 못하는 다른 반 아이들에게서. 무엇보다 외출과 수학여행으로 그 원망을 들어야 하는 다른 선생들에게서. 이건 바로 선생과 애들의 합동 왕따 각인데. 딸깍딸깍… 어느새 밭이 훤해졌다. 담임은 우리 반 밖에서는 깔딱깔딱 위험해지고 있었다.

해가 높게 떴다.

 이제 그만하자. 점심 먹어야지.

밀짚모자 아래 아빠 얼굴은 더 까매져 있었다.

 오늘은 짜장면 시켜 먹자. 내가 요즘 골프장… 아니, 됐고.
준비해 놓은 게 아무것도 없네. 딸 미안. 용해는 더 많이 미안.

아빠는 음식 배달을 시킬 때 일회용 그릇에 담아오는 걸 싫어했다. 네, 가져다만 주세요. 그릇은 제가 씻어서 나중에 다시 갖다 드릴게요. 처음에는 믿지 못하던 동네 음식점들도 이제는 아빠가 전화하면 당연히 원래 그릇에 담아 와서 찾으러 오지는 않았다. 어색하게 짜장면을 다 먹고 아빠가 그릇을 씻으러 들어갔다. 용해는 왜 배달 그릇을 씻느냐고 묻지 않았다. 아빠에 대해 생각보다 많이 알고 있는 것 같았다.

 골프장 때문에 많이 바쁘신가 보네.

사람들 부탁을 잘 거절하지 못해. 그리고 아빠 말로는 골프장이 들어서면 우리 농장이 제일 큰 피해를 입을 거라고 그러더라고.

 골프장은 여기서 가깝지 않잖아?

 그렇다고 멀지도 않아. 그리고 지하수로 들어가는 농약이 어디까지 흘러갈지는 아무도 모르는 거고.

 음… 그럼 아버님 하시는 그 중요한 일에 내가 어떤 도움이 될 수 있는지 한번 여쭤보고 올게.

 너 진짜 무슨 꿍꿍이야?

용해는 오영을 남겨두고 비닐하우스로 들어갔다. 무슨 애처럼 거기까지 따라 들어가고 싶지는 않았다. 하지만 둘이 무슨 얘기를 하는지 궁금하기는 했다. 오냥을 불렀다.

 오냥. 네가 들어가서 무슨 얘기 하는지 좀 들어봐.

 엿들으라는 거야?

응.

 '응'이라고? 뭐 이렇게 당당해?

 어쩔 수 없잖아?

 안 해!

 야, 역사적으로 새는 낮말을 들어왔고 쥐는 밤에 하는 말을 들어왔어. 고양이가 낮에 하는 말 좀 듣는다고 어디가 덧나냐?

 우리가 쥐나 새를 왜 잡아먹는 줄 아냐?
개들이 그런 양아치 짓을 하니까 그러는 거야.

용해가 아빠와 비닐하우스에서 이야기를 나누는 동안 오영은 남은 잡초를 쳤다. 곧 있으면 양파나 마늘을 수확해야 한다. 아빠가 올해 저것들을 수확할 수 있을까? 무섭게 자라는 잡초를 혼자서 모두 뿌리 뽑을 수 있을까? 일을 얼추 마무리하고 평상에 앉았다. 옷을 털고 있는데 용해가 나왔다.

 벌써 다했어? 이러면 내가 미안한데….

사업 얘기는 잘됐냐? 리 사장?

 헉, 어떻게 알았어?

어떻게 알긴. 난 그냥 네가 하는 일이 다 보인다.

 내가 물이라도 줄까?

 그래. 가서 시원한 얼음물 한잔 떠와 봐라.

 아니, 너 말고 밭에.

갑자기 까마귀들이 한 줄로 서서 하늘을 지나갔다. 오릉은 낮달을 보고 짖었고, 오냥은 앞발에 얼굴을 묻었다.

 음… 야! 오릉! 왜 이렇게 짖는 거야? 시끄럽게.
음… 그리고 밭에는 대낮에 물주면 안 돼.

 왜? 저렇게 목말라서 시들한데?

내가 목마른 건 안 보이냐, 인간아.

 이렇게 쨍쨍할 때 물을 뿌리면 잎 위에 붙은 물방울들이 렌즈 역할을 해서 농작물이 타. 광합성에도 방해가 되고 증발이 빨라서 효과도 없고. 무엇보다 뿌리가 힘들어. 숙이고 있을 때는 숙이고 있어야 해. 저러다 저녁에 물을 주면 언제 그랬냐는 듯 확 피어나지. 그럴 희망이 있으니까 지금 더위를 견디는 거야.

용해는 무언가를 생각하는 듯하더니 불쑥 말했다.

 부탁이 있어. 선거 운동을 좀 도와줘.

 우리 집안이 너한테 뭐 단체로 빚진 거 있냐?

얼마 전 식당 옆 게시판에 공고가 붙은 게 기억났다. 선거는 관심 있는 애들 사이에서만의 이야기다. 그런데 용해가 학생회장을 나가겠다고? 그래, 늘 1등에 온갖 감투는 다 쓰고 여기까지 왔으니 그럴 수도 있겠다 싶었다. 용해는 선거에 관심이 있는 쪽 애였다.

 말이나 들어 보자. 어떻게?

 문화공연을 하는 거야. 내가 등교 시간에 유세를 시작하기 전에 네가 먼저 공연을 해주는 거지. 애들이 모일 수 있도록.

 그렇게 안 해도 자신 있잖아?

꼭 그렇지도 않아. 저쪽에서 좀 치사하게 나오려는 것 같아. 말이 나온 김에 하나 더 부탁하자. 내 공약을 네가 랩으로 만들어주면 좋겠어.

 글을 쓰거나 랩을 만드는 일은 물결이가 훨씬 잘할 것 같은데? 너랑 같은 반이기도 하고.

 물결이는 이미 상대 후보 쪽으로 갔어.

 뭐?

점점 일이 이상하게 번지고 있다는 생각이 들었다.

 미안하지만 난 어떤 목적을 위해서 랩을 만들거나 부르지 않아. 그럴 실력도 안 되지만. 그 이전에 네가 선거에 나가려는 이유도 모르겠고. 물결이는….

 물결이 얘기는 나중에. 선거에 나가는 건 여러 이유가 있어. 대학은 아니야. 일단은 사업에 필요해. 난 지금 여러모로 주목받을 필요가 있거든.

 국회의원들이 봉사 어쩌구 하는 건 나도 안 믿어. 하지만 그래도 학생회장 선거에 나간다는 건 학교라는 전체를 위해 뭔가를 하겠다고 약속해야 하는 거 아니야?

 그런 것도 없지는 않아. 그건 곧 알게 될 거야.

용해는 밭 한쪽에 쌓아 둔 낙엽들을 꺼내 밭에 덮어주는 일까지 하고 돌아갔다. 용해가 일하는 동안 오냥은 오영이 주는 눈치도 모른 척하고 민망하게 용해 주변을 맴돌았다. 요망한 고양이. 아예 쟤네 집 가서 살아라. 돌아오는 길에 오냥에게 한소리 하자 오냥이 말했다.

 진짜?

선거 운동이 시작됐다. 등굣길에 팻말이 춤을 추고 "잘 부탁합니다." 가 넘쳐났다. 어른들 선거와 하나도 다르지 않은 모습에 오영은 좀 지겨웠다. 부탁은 곧 유권자들이 하게 되겠지. '제발 약속을 지켜 주시길 부탁합니다.'라고. 그 지겨운 선거판에서 유일하게 놀라운 건 물결이가 상대 후보의 선거 운동원이 되었다는 정도였다.

그 와중에 용해의 공약은 나름 신선했다.

"한 달에 두 번 아무것도 하지 않는 시간을 만들겠습니다."

우리 반 수학여행에서 힌트를 얻은 게 틀림없었다.

"용변해결권을 보장하여 자유롭게 학교 밖 화장실 이용을 가능하게 하겠습니다."

어쭈? 저게 아예 베꼈네?

"담임 선생님 배정에 우리 의견이 반영되도록 하겠습니다."

"우리 지역 고등학교 학생회들과 연대하여 시청에 고등학생들을 위한 예산을 요구하겠습니다."

좋게 말하면 어른스럽고 나쁘게 말하면 오버하는 공약이었다. 학생회는 한 번도 학생 문제를 오버해서 학교 행정에 문제를 제기한 적이 없었고 더구나 학교 자체를 오버해서 지역사회로 시각을 넘겨본 적이 없었기 때문이었다. 그래서 신선했고 그래서 위험했다. 원다민 선생 때문이었는지 선생님들의 반응은 차가웠다. 그동안 용해에 관해 우호적이었던 선생님들도 등을 돌리고 있었다. 자식이 보자 보자 하니까.

오영은 말리고 싶었다. 공약 때문이 아니었다. 용해가 좀 오버하더라도 많은 애들은 용해가 질 거라고 생각하지 않았지만, 오영은 달랐다. 용해는 소수에 속해 있었다. 성적도 뛰어나서 소수였고 국적으로 보면 중국 인구가 아무리 많아도 학교에서 중국인 용해는 소수였다. 용해의 국적을 잘 모르는 애가 더 많다는 게 그나마 다행이었다. 더구나 용해의 화려한 집은 극소수였다. 소수가 선거에서 이기기는 어려워. 그리고 물결이가 계속 마음에 걸렸다. 가장 친했던 친구가 남들이 모르는 이유로 상대 후보에 가 있다는 건 용해에게 좋을 것 없는 일이었다.

그러다 오영에게 나름 안심이 된 것은 상대 후보의 러닝메이트인 1학년 부회장 후보가 사퇴했다는 소식이었다. 어차피 우리 애는 정시로 갈 건데요. 시간 낭비하며 학생회 간부 안 해도 돼요. 엄마의 통보였다고 했다. 학교 규정상 러닝메이트가 구성되지 않으면 입후보 자체가 안 되게 되어 있었다. 둘 중 하나라도 사퇴를 하면 그 팀은 모두 후보 자격이 없어지는 거였다. 그 1학년이 쭈뼛쭈뼛 가져온 후보 사퇴서를 받아든 선생이 용해를 불렀다.

축하한다.

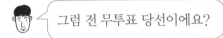
그럼 전 무투표 당선이에요?

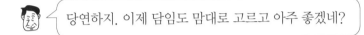
당연하지. 이제 담임도 맘대로 고르고 아주 좋겠네?

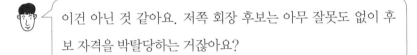
이건 아닌 것 같아요. 저쪽 회장 후보는 아무 잘못도 없이 후보 자격을 박탈당하는 거잖아요?

그래서?

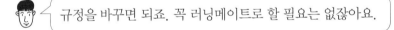
규정을 바꾸면 되죠. 꼭 러닝메이트로 할 필요는 없잖아요.

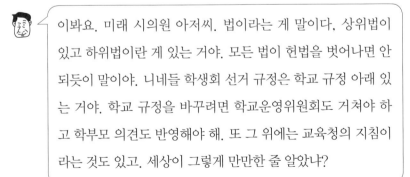
이봐요. 미래 시의원 아저씨. 법이라는 게 말이다. 상위법이 있고 하위법이란 게 있는 거야. 모든 법이 헌법을 벗어나면 안 되듯이 말이야. 니네들 학생회 선거 규정은 학교 규정 아래 있는 거야. 학교 규정을 바꾸려면 학교운영위원회도 거쳐야 하고 학부모 의견도 반영해야 해. 또 그 위에는 교육청의 지침이라는 것도 있고. 세상이 그렇게 만만한 줄 알았냐?

그럼 다른 방법이 있나요?

 다른 방법? 그거야 너도 사퇴해서 선거를 처음부터 다시 시작하는 거지. 하지만 네가 그러겠냐?

용해는 그랬다. 같은 동네 사는 자기의 러닝메이트를 설득하고, 오영의 걱정을 뒤로하고, 용해는 사퇴서를 제출했다. 이게 장난하나? 내가 할 일이 얼마나 많은데 니들 장난에 이 일을 또 하라는 거야? 설마 진짜로 용해까지 사퇴하리라고는 생각하지 못했던 담당 선생은 길길이 날뛰었지만, 용해의 고집을 꺾을 수는 없었다.

결국 이렇게 되자 모든 후보가 사퇴했으므로 입후보 신청부터 선거가 다시 시작될 수밖에 없었다. 상대 후보는 다시 1학년 부회장 후보를 골라 선거에 나설 수 있게 되었다. 그렇지만 대세는 용해 쪽으로 기울고 있었다. 용해의 결단은 미화되었다. 용해는 의리 있고 개념 있는 후보였다.

그렇게 다시 투표일이 다가올 즈음에 주민센터에서 사람이 나왔다. 2학년들 주민등록증 발급을 위해 친절하게 학교까지 나와 신청을 받아주는 행사였다. 그런데 문제는 엉뚱한 곳에서 터졌다. 용해네 담임 미코가 문제였다.

 5월생까지 나가라. 그래. 6월 이후 생들은 2학기에 다시 나온다니까 그때 가서 하면 되고. 우리 용해 오빠는 안 나가도 되고. 하하. 용해는 벌써 갖고 있지?

웃자고 한 말이었을 것이다. 아니. 어쩌면 의도적일 수도 있었다. 수군
거리는 소리가 다 들렸다. 민증이 벌써 있어? 우리보다 형이야? 그럼 거
의 어른 아냐? 용해의 얼굴이 굳어졌다. 용해가 두 살이나 많다는 얘기가
쫙 퍼졌다. 분위기가 급하게 변하고 있었다. 오영은 용해를 돕고 싶었다.

용해가 괜찮아해도 다른 애들은 괜찮아하지 않았다. 특히 상대 후보는
집요했고 똑똑했다.

애들 선거에 어른이 나온다는 건 말도 안 됩니다.

방송으로 전교에 중계된 후보자 합동 토론회에서 상대 후보는 아주 불쌍한 표정으로 말했다.

 형, 왜 이래요.
형은 벌써 스무 살인데 여기서 놀면 안 되는 거잖아요?

용해가 준비한 공약은, 연설은, 토론은 빛을 잃었다. 용해는 당황했고 화를 냈다.

자기가 드러내고 싶지 않은 사실이 자기가 가장 갖고 싶은 것 앞에서 까발려질 때 사람은 이성을 잃는다. 용해에 대한 분위기는 돌이킬 수 없을 정도가 됐다. 애들은 용해라고도 형이라고도 하지 않으면서 벽을 만들었다. 결정타는 잘 알려져 있지 않던 용해의 국적이었다. 학교 교칙에도 학생회장의 국적이 한국이어야 한다는 내용은 없었다. 그러나 '이왕이면 한국 사람, 한국 학교 한국 사람.'이라는 상대 후보의 구호는 용해를 무릎 꿇게 했다. 상대 후보 쪽에서 용해의 국적을 잘 알고 있던 사람. 그걸 문장으로 표현하고 이용할 줄 아는 사람. 그건 물결이밖에 없었다. 대세가 기울어도 소문과 루머는 더욱 집요하게 학교를 떠돌았다. 사실은 탈북자다. 학교 졸업하고 김일성대학에 간다더라.

투표하는 날, 학급별로 음악실에 가서 후보를 고르고 도장을 찍었다. 음악실에 후보들은 없었다. 오영은 잠깐 용해를 보고 싶었다. 수업이 끝나고 같은 곳에서 바로 개표가 시작됐다. 오영은 반장이었고 그래서 대의원이었고 개표 요원이었다. 개표를 시작하기 전 후보들이 도착했다. 담당 선생이 몇 가지 들어도 되고 안 들어도 되는 말을 했고 선거관리위원장이 개표 시작을 알렸다. 용해는 태연한 척하고 있었다. 상대 후보와 악수도 했다.

처음부터 압도적이었다. 오영이 펴보는 투표용지 대부분이 용해의 것이 아니었다. 뒤돌아보니 용해의 얼굴이 굳어지고 있었다. 두 번째 돌아봤을 때 용해는 자리에 없었다.

최종 결과가 나왔다. 용해는 졌다. 적지 않은 표 차이였다. 이긴 쪽의 환호성을 뒤로하고 오영은 밖으로 나왔다. 이 좁은 학교에서 갈 만한 곳은 정해져 있었다. 지하 가사실로 내려갔다. 오영네 동아리가 춤 연습을 하는 곳. 담당 선생은 자물쇠 번호를 알려주며 너만 알고 있으라고 했었다. 오영도 용해에게 같은 말을 했었다. 너만 알고 있어. 얼마 남지 않은 저녁해가 겨우 비집고 들어오고 있는 침침한 가사실 구석에서 용해는 창문을 통해 땅을 올려다보고 있었다.

불 꺼.

오영은 불을 껐다.

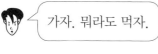

가자. 뭐라도 먹자.

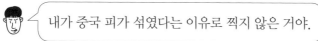

내가 중국 피가 섞였다는 이유로 찍지 않은 거야.

용해의 처음 보는 모습이었다.

 꼭 그건 아니야. 그리고 지금 그건 중요한 것도 아니야.

 그럼 네가 이유를 말해 봐. 치사한 자식들. 나도 한국 사람이
야. 도대체 그걸 언제까지 얘기해야 알아주는 거냐고!!

그건 아닐 거야. 아닌 이유가 있을 거야. 그렇더라도 그건 네 잘못이
아니야. 그렇게 말해주고 싶었다. 오영은 천천히 다가가 뒤돌아 있는 용
해의 어깨에 손을 올렸다.

 놔!

오영의 손을 뿌리치던 용해의 팔이 크게 원을 그렸다. 가사실은 어두
웠다. 평소 같았으면 충분히 피했을 속도였다. 그래서 그 팔에 오영의 얼
굴이 맞을 거라고는 누구도 생각하지 못했다. 퍽 하는 소리가 났다. 용해
가 놀라 얼어붙었다. 오영이 잠깐 고개를 숙였다 들었다. 코를 맞으면 아
프기도 하지만 먼저 눈물이 핑 돈다. 눈물이 보여지는 건 싫다. 이 새끼
가. 순간 화가 났다.

 실수인 걸 아니까 참는다. 하지만 다음에는 실수든 장난이든
내 허락 없이 내 몸에 손대면 널 죽여 버릴 거야. 난 최소한 사
람이 30분 내로 죽을 수 있는 곳을 세 군데는 아니까. 그리고 내

앞에서 더 이상 징징대지 마. 네 상처를 알아달라고. 그걸 안아
달라고 말이야. 세상엔 너보다 훨씬 아픈 사람들이 많으니까.

코에서 피가 한 방울 뚝 떨어졌다. 팽하고 코를 풀었다. 투두둑. 몇 방
울 더 피가 떨어졌다.

 쪽팔릴 것도 없고 화낼 것도 없어. 어쩔 수 없는 거였어. 특히!

오영은 말 하나하나를 끊듯이 얘기했다.

 남 탓하지 마. 네 피를 탓하지 마. 그게 쪽팔린 거야.
너니까 여기까지 온 거고 너니까 진 거야.

문을 열고 나오면서 오영은 마지막으로 말했다.

 사업 준비나 잘해. 그건 도와줄 테니까.

힘내지 마. 애쓰지 마.
계단이 힘들면 엘리베이터.
산이 힘들면 케이블카.
쫄지 마. 눈치 보지 마.
뛰는 놈 위에 나는 놈.
나는 놈 위에 업혀 가는 놈.

이리와 앉아. 나랑 얘기 좀 해.

허리 펴고 똑바로 앉아. 나랑 얘기 좀 해.

그러니까 내 말은. 넌 잘 모르겠지만 내 말은.

알고 있겠지만 내 말은.

뭐 하고 있어 듣고 있는 거야? 그러니까 내 말은.


그래 맞아 네 말에는 화장이 덕지덕지. 손톱으로 긁으면 글씨도 써지지. 화장 금지.

이거면 다 된다고 보여주는 너의 절대 반지 위에 초라하게 비춰지는 내 모습은 빼빼지.

위로라고 하는 말엔 또 나오는 틴트. 응원이라고 뱉는 말엔 웃는 얼굴 아이라인.


힘내지 마. 애쓰지 마.

계단이 힘들면 엘리베이터.

산이 힘들면 케이블카.

너를 태울 것을 찾아. 고생이 답은 아니야.

하얗게 태우지는 마. 번 아웃은 답이 아니야.

엘리베이터에서

내려!

버려! 엘리베이터.

케이블카에서

내려!

버려!

케이블카를.

내리면 보일 거야. 버리면 보일 거야. 힘내는 게 웃긴 걸. 애쓰는 게 웃긴 걸.

쓰고 보니 용해에게 하고 싶은 말인지, 자신에게 하고 싶은 말인지 헷갈렸다. 집에 와서 소파에 누웠더니 온몸이 무거웠다. 핸드폰도 무거웠다. 그래도 복잡한 생각을 꺼내 보고 싶었다. 오영은 다시 한번 읽어봤다. 그러면서 여전히 아린 코를 살짝 만지다가 저장 아이콘에 손을 댔다. 코를 잘못 만졌던지 피가 한 방울 다시 핸드폰 위로 떨어졌다. 오냥이 깜짝 놀라 오영을 쳐다봤다.

 생리해?

 이 미친.

핸드폰의 메모장은 저장도 되지만 삭제도 된다. 오늘의 기억이, 낯선 실패가 용해에게 삭제되었으면 했다. 휴지를 뜯어 코를 막으면서 오영은 한참이나 현관문을 봤다. 갑자기 엄마가 집에 왔으면 했다. 어른들 누구나 그렇듯 어쩌면 하루하루 늘 실패하고 있을 엄마가 보고 싶었다. 아니, 그 엄마에게 나를 보여주고 싶었다. 내가 여기 있어. 나야. 그렇게 말해주고 싶었다. 그럼 오늘은 엄마가 말하지 않아도 베개를 들고 엄마 방으로 갈 텐데… 아주 깊게 잘 잘 수 있을 것 같은데….

# 5장

# 태워준다

 일어나. 학교 가자.

몸을 흔드는 손에, 소리에 오영은 깼다. 잠깐 뭐라고? 학교를 가자고?

 언제 왔어?

너 잠들고 바로.

말이 돼?

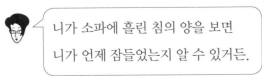 니가 소파에 흘린 침의 양을 보면
니가 언제 잠들었는지 알 수 있거든.

너랑 자다가 나도 머리가 축축해질 때가 있어.

 침 아니고 땀이야. 더워서.
그리고 엄마는 뭐. 꼭 눈이 판다 같구만.

엄마는 피곤해 보였다. 다크서클이 진했다. 늦게 들어 와서 지금 나가 자니. 이 아침에 또 지방 행사가 있구나.

 아침부터 찐다. 학교까지 태워줄게.

 우와. 고마우셔라.

 대신 저 짐들 좀 차까지 날라.

 요즘 힘든 거 없어?

운전하던 엄마가 무심히 물었다.

 엄마가 새벽에 짐 나르게 하는 거 빼곤 뭐….

 까불지 말고.

왜 그래? 갑자기.

 너 어제 잠꼬대하던데? 사람 이름을 부르는 것 같았어.
오 반장님. 애들이랑은 사이좋은 거지?

에어컨이 나오는 구멍 앞에 얼굴을 들이밀었다. 아, 좋아… 엄마랑 이런 대화가 좋았다. 별거 아닌 걱정을 듣고 안심할 수 있는 대답을 주는 것. 오랜만이었다. 좋아. 다 좋아. 애들이랑은. 안 좋아도 할 수 없고. 문제는 담임이지. 담임이 수업에 빠지는 일이 잦아지고 있었다. 무슨 회의에 참석하느라 늦는 거라고 했다. 회의는 서로 이야기하는 거다. 듣기만하는 건 회의가 아니다. 담임은 듣고만 온 얼굴이었다. 가끔 보는 엄마얼굴이었다. 해야 할 말을, 하고 싶은 말을 등에 한가득 지고 온 것처럼어깨가 꾸부정해서 교실에 들어왔다. 어쨌든 회의에 간 것은 아니었다.

학교 앞에서 내릴 때 엄마는 봉투를 내밀었다.

 용돈은 아직인데?

 보너스야. 아침에 고마웠어.

 야호. 흐이야. 킥킥. 오, 은혜를 아는 한 여사님.
고맙습니다. 사모님. 어머님. 크크크.

정문 앞에서 교통 지도를 하던 선데이가 신경질적으로 휘두르는 안내
봉에 맞춰 엄마 차가 서둘러 떠났다. 얼마지? 궁금했다. 봉투를 열어보니
돈 대신 그림이 들어 있었다. 100만 원짜리 수표가 그려진 그림. 엄마 웃
는 소리가 들리는 것 같았다. 그렇지 뭐. 기대를 한 내가… 근데 아오, 열
받네. 으….

 야, 인마. 너 거기 서.

뒤돌아보니 역시 선데이였다. 육군 대위 출신으로 손 선생님으로 불리
는 것보다 손 대위로 불리는 걸 더 좋아한다는. 그래서 애들은 선데이라
고 불렀지만 아무도 만나기를 기다리거나 헤어지는 걸 아쉬워하지 않는
사람이었다. 어떤 애들은 큰 키와 덩치를 따라 괴물 같다고 몬스터, 몬데
이라고 부르기도 했다.

그리고 '야, 인마.'는 재하였다.

 안 옮아요.

지난 정기 공연이 끝난 후 오영이 어깨를 잡았던 1학년. 옷이 당겨지며
몸이 드러났던 1학년. 그 몸에 비해 너무나 깨끗하고 싱싱한 노란색 명찰
위의 이름이 '천재하'였다. 그 재하가 처음 뱉은 말이 "안 옮아요."였다.

으르렁하는 게 아니었다. 신음 같았다. 애원 같았다. 얼어붙은 오영은
예전에 봤던 다큐멘터리의 한 장면을 생각했다. 피부병이 생겨 길거리에

버려진 어린 강아지의 이야기였다. 개의 얼굴부터 어깨까지가 갑옷을 쓴 것처럼 어두웠고 단단했고 끔찍했다. 털들이 빠지고 난 자리의 생기 없는 피부들이 조금만 건드리면 우스스 떨어질 것처럼 위태했다. 군데군데 갈라진 틈으로 진물이 배어 나오고 있었다. 그 어린 것은 낑낑거리며 그 진물을 핥고 있었다. 그 붉은 혀의 생기가 너무 애처로웠다. 목숨을 부지하고자 하는 마지막 깃발 같았다. 그렇게 녹슬고 곰팡이가 가득한 강아지의 갑옷은 차라리 얼른 벗겨 주는 것이 강아지를 위한 일이라는 생각까지 들게 했다. 재하를 보며 오영은 그 강아지가 생각났다. 그 신음 소리가 들리는 것 같았다. 그런데 첫 마디가 안 옳는다니. 오영은 얼떨결에 놓은 손이 부끄러웠다. 죽을 만큼 미안했다. 그래서 눈을 떼지 않았다. 눈까지 피하면 안 된다. 그게 재하와의 시작이었다.

재하는 여전히 한여름을 앞둔 지금도 모자를 눌러쓰고 긴 체육복을 목까지 올리고 있었다.

 너 누가 체육복 입고 등교하래? 어? 이거 학교 체육복 아니잖아? 그리고 모자 안 벗어?

오영이 서둘러 끼어들었다. 선데이는 지난번 스포츠클럽 데이에서 두각을 나타낸 오영을 기억할 것이다. 체대 생각 없냐? 시합이 끝난 후 따로 불러 묻는 선데이에게 오영은 웃으면서 간단히 대답했었다. 네.

 샘. 얘 몸이 좀 아파서….

몸이 아프면 집에서 짱박히던가. 학교는 왜 와 가지고 다른 애들 물 흐리게 말이야… 그것도 1학년 놈이.

 아니요, 그게 아니구요….

말리는 오영을 재하가 말렸다. 눈이 씨익 웃고 있었다. 자 봐요, 선배.

재하가 코앞에 있던 지퍼를 명치까지 한 번에 쫙 내렸다. 오영도 세 번째 보지만 익숙해지지 않는, 그 모습을 처음 보는 선데이는 당연히 기겁했다. 우왁! 선데이는 주저앉을 뻔했다. 참 덩칫값도 못 하십니다.

 가도 되죠? 이따 봐요, 선배.

대답도 듣지 않고 돌리는 재하의 등을 툭툭 쳐 주고 싶었다.

 아토피래요. 쟤 얘기 못 들으셨어요?

재하에게 눈을 둔 채 돌아보지도 않고 선데이에게 물었다.

 어, 어, 들었어. 기억난다.

 아토피는… 안 옮아요.

오영은 재하의 재능이 아까웠다. 좋아하는 일을 좋아하는 만큼 잘하지는 못하는 사람들이 그렇듯이, 오영은 춤을 추는 몸은 별로였지만 춤을 보는 눈은 좋았다. 보통 감각이 아니야. 일단 동아리에 데리고 오고 싶었다. 재하를 설득하는 건 쉽지 않은 일이었다. 교실에까지 몇 번 찾아갔지만, 구석에 혼자 앉아 고개도 들지 않는 재하에게 말을 붙이는 일도 쉽지 않았다. 안 되겠어. 옷 속에 갇혀 있는 재하를 꺼내는 방법은 어차피 춤이었다. 보여주든지 하게 하든지.

 한 번만 와봐.

교실에 오영이 나타나자 서둘러 팔짱을 끼고 고개를 숙이는 재하의 귀에서 이어폰을 뽑으면서 오영은 말했었다. 오영이 약한 힘은 아니었다. 재하는 놀라서 끌려왔다. 가사실로 데려가 문을 잠갔다. 여긴 아무도 없어. 들어오지도, 보지도 못해. 난 이미 널 본 사람이니까 괜찮을 거고. 너하고 싶은 대로 몸을 움직여봐. 재하는 문이 잠겼는지 확인하고 창문의 커튼까지 친 다음에도 구석에서 나오지 않았다.

오영은 가지고 있던 마릴린 디마지오의 USB를 앰프에 꽂았다. 그거밖에 없었다. 오영은 천천히 음악을 따라가기 시작했다. 연습했던 스텝들, 힘들게 배웠던 동작들이 조금씩 자연스러워지고 있었지만 역시 오영의 특기는 아니었다. 가만히 보던 재하가 피식 웃었다. 그러더니 오영의 동작을 따라 하면서 조금씩 가운데로 나왔다. 템포도 제각각이고 분위기의 폭도 넓은 마릴린 디마지오의 곡 중에 어떤 게 재하에게 맞을지 몰랐다. 몰라, 일단 계속 가. 1집 '보이지 않는 구름'의 느린 곡들이 시작됐다. 재하가 천천히 오영을 앞서가기 시작했다. 역시. 지난번처럼 익숙했다. 팬

층이 넓지 않은 이 팀의 곡을 알기는 쉽지 않았을 텐데 재하는 여유가 있었다. 그렇게 따라가던 재하가 두 번째 곡은 갸웃거리더니 세 번째 곡 '흉터'에 이르러서는 리듬을 끌고 가기 시작했다.

나한테 여러 개 있는 거야. 걱정하지 마. 네가 준 것만 있지는 않아.
가끔 내가 눈 감고 걷다가 생긴 것도 있어.
…
이미 나아서 더 낫지 않는 게 흉터야.
기억 속에서 아물지 않는 상처야.
네가 다녀간 자리, 자리는 모두 빈터야.
…

가사와 다르게 리듬이 빠른 곡이었다. 하지만 재하의 스텝은 어지럽지 않았고 시선은 자신 있었다.

 더우면 겉옷을 벗어도 돼.

재하는 잠깐 망설이는 듯하더니 늘 입고 다니던 체육복을 벗었다. 온몸에 퍼진 고통과 불면의 기억들이 꽃처럼 피어 있었다. 재하는 손에 들고 있던 체육복을 구석으로 던져버렸다. 리듬은 더욱 빨라졌고 재하는 조금씩 흐트러지기 시작했다. 몰아쉬는 숨이 가쁘게 들렸다. 감각도, 재능도 꽃피려면 체력이라는 뿌리가 필요했다. 두세 걸음 걸으면 그만인

자기 방에서만 살아왔던 재하에게 격렬한 동작들은 무리였다. 그래도 재하는 멈추지 않았다. 제대로 배운 적 없이 하루 종일 방 안에서 화면을 보며 혼자서 추던 춤을, 한 번도 꿈꿔보지 못했던 공간에서 그것도 관객을 앞에 두고 추는 일이 가슴 떨렸다. 이제 그 기억들이 사라지고 오직 느낌에 따라 몸을 비틀고, 쥐어짜고 하는 사이에 바닥에 땀들이 어지럽게 떨어졌다.

보여줄 거야. 부끄럽지 않으니까.
아팠지만 나았으니까.
나았지만 아팠으니까.

남자 멤버 디마지오가 악을 쓰자 재하도 따라서 악을 쓰기 시작했다. 땀인지, 눈물인지, 춤인지, 몸부림인지, 멋대로 흐트러지고 있는 재하를 보다 오영은 조용히 문을 닫고 나왔다. 계단을 올라 1층에 올라오기까지 디마지오의 노래 중간중간에 재하가 악을 쓰는 소리가 들렸다.

재하가 들어온 이후에도 '라이크 미'의 분위기는 달라지지 않았다. 재하는 잘 섞이고 있었다. 더구나 재하는 재능이 있었다. 하나를 가르쳐주면 세 걸음 앞에 서서 "이거 맞아요." 하고 씩 웃었다. 가끔 연습실에 내려오는 유진 선배는 그때마다 놀라곤 했다. 더우면 다른 아이들처럼 반팔을 입는 날도 많아졌다. 가끔 오늘 선데이 앞에서처럼 재하를 모르는 사람들 앞에서 자기를 드러내 놀리기도 할 줄 알았다.

같이 가자. 어차피 너도 봉사활동 시간은 필요하잖아.

동아리 활동이 있는 날이었다. 오전 수업이 끝나고 모두 모였을 때 기수가 물었다. 재하는 그동안 공부방에는 한 번도 오지 않았다. 봉사활동을 하러 가는 주말이든 동아리 활동을 하러 가는 날이든 재하는 병원이며 집을 핑계로 빠졌다. 그런 재하가 잠깐 생각하더니 "그러죠." 했다.

도토리 선생님네 공부방은 여전했다. 다만 거기에 오는 사람들이 변했을 뿐이다. 올해부터 유진 선배와 용해와 물결이가 빠졌다. 아이들은 신경 쓰지 않았고 안 보이는 얼굴에 대해 안부를 묻지도 않았다. 봉사랍시고 찾아오는 사람들의 가벼움을 아이들은 먼저 알고 있는 것 같았다. 지금 이 사람이 제일 중요해. 떠난 사람 기억해서 뭐해. 하는 얼굴들이었다.

오영이 간식 준비를 끝내고 들어왔다. 같이 노래도 하고 게임도 하느라 떠들썩한 와중에 재하는 맨 뒤에 앉아서 가만히 보고만 있었다.

 뭐 해?

 봉사활동이 필요하냐고 물어봐 줘서 고마워요.

 내가 그랬나? 기수가 그랬지.

 늘… 선배는 늘 그러잖아요. 하하. 나를 평범한 후배처럼. 성적도 걱정하고 미래도 걱정하는 애들처럼 대하잖아요. 고맙다고 말하고 싶었어요.

기수가 오영이 들어 온 걸 보더니 애들을 몰고 식당으로 나갔다. 간식
먹자. 이야호.

나 사실… 학교는 거의 처음이에요.

뭐? 초등학교는? 중학교는?

도저히 다닐 수 없었어요. 나는 벌레고 괴물이었어요. 가려움
에 미칠 것처럼 몸을 긁으면 선생들은 손가락 끝으로 나를 구
석에 밀치고는 집에 전화부터 했어요.

그럼 우리 학교는 어떻게 들어온 거야?

운이 좋았어요. 엄마는 간절했어요. 내가 어른이 되기 전에 한
번은 꼭 학교에 다니게 하고 싶었데요. 아빠가 그렇게 말려도
이 도시 온 학교에 전화를 했어요. "우리 아이가 교복을 못 입
는데 입학이 가능할까요?" 거절하는 학교는 없었데요. 하지만
괜찮다고 한 학교도 없었구요. 그러다 마지막에 전화한 게 이
학교였어요.

맨날 미달이니까.

크크크. 맞아요. 교장 선생님이 입학 전에 부모님을 좀 보자고

했을 때, 아빠는 따라오려고도 하지 않았어요. 그 날 아침에도 아빠는 쓸데없는 짓 한다며 엄마한테 화를 냈거든요. "한두 번 겪어봐? 대한민국 학교들은 지들하고 다른 건 다 벌레라고 생각해. 애를 또 데려가서 무슨 상처를 더 주려고 하는 거야?", "아니에요. 이번엔 좀 다른 것 같아요. 다만 한 가지 아빠도 꼭 같이 와야 한다고 했어요. 혹시 또 알아요? 어떻게든 교복 문제를 해결해 줄지." 엄마가 애원했죠. 내가 왜 중학교도 검정고시로 나왔는지 아세요? 나 중학교에 입학은 했었어요. 3일 다녔죠. 차라리 애들이 나를 보고 놀리거나 욕을 했으면 견뎠을 거예요. 하지만 아무 말도 없었어요. 그게 더 싫었어요. 처음엔 놀라는 눈을 하고, 그 눈을 얼른 감추고는 태연한 척 등 돌리는 애들이 더 괴로웠다구요. 이 학교도 뻔하다고 생각했어요. 그런데 놀라는 눈을 하고, 그 눈으로 솔직하게 계속 놀라면서, 있는 그대로 나를 대하는 어른을 만난 건 그때가 처음이었어요. 머리가 하얀 교장 선생님.

 뭐라고? 교장 샘은 머리가 없는데?

오영은 이상하다고 생각했다. 하지만 말을 끊을 수는 없었다.

 엄마는 늘 그렇듯이 죄인처럼 어렵게 말을 꺼냈어요. "얘는 교복을 입기가 힘들어요. 아토피가 너무 심해서 100% 면이 아닌 옷은 입기가 힘들어요. 그런데 학교 셔츠나 바지는 모두 면이 아니잖아요. 그래서 이 학교에 다닌다면 교복을 입을 수가 없을 것 같아요. 그래도 우리 애를 받아줄 수 있나요?", "네.", "네에?" 엄마는 놀랐어요. "대한민국 법 어디에도 학생 자격에 교복을 입어야 한다는 규정은 없습니다." 비스듬히 몸을 돌리고 있던 아빠가 교장 선생님 쪽을 향했어요. 너무 쉽게 "네"라고 하니까 아빠가 괜히 더 딴지를 걸었어요. "그럼 교복을 입지 않는 애는 우리 애 하나뿐일 텐데… 가뜩이나 특별한 아이, 더 특별하게 보이는 건 싫습니다.", "맞습니다. 그런데 어떤 식으로든 이 아이는 이미 특별합니다. 특별한 걸 특별하다고 해야지 그걸 숨기는 게 더 특별한 겁니다. 애들의 시선, 어렵겠지요. 하지만 언제까지 지금처럼 집안에서만 아이를 묶어두실 생각입니까. 아이도 세상으로 나와서 이겨낼 건 이겨내야지요. 이래서 제가 부모님을 모두 뵙자고 한 겁니다. 보통 이런 경우 부모님들이 더 세상과 담을 쌓고 지내시거든요." 엄마, 아빠는 아무 말 못 하고 있었어요. 그때 교장 선생님이 한마디 더 하셨어요. "제가 지금 말씀드리고 싶은 건 교복이 아닙니다. 아이의 밥입니다. 혹시 특별한 식이요법이 필요한 거 아닌가요? 그렇다면 학교에서 따로 밥솥을 마련해서라도 식사를 준비하려고 합니다만." 이 부분에서 엄마는 울었어요. 밥이라니… 아빠는 돌아가지도 않는 천장의 선풍기만 바라보고 있었구요.

간식을 다 먹었는지 입 주변에 이것저것 묻힌 애들이 왁자지껄 들어오고 있었다. 이제 본격적으로 애들에게 춤을 가르쳐야 할 시간이었다.

참 이상하다. 어떤 사람은 학교를 벗어나려고 그렇게 애를 쓰고, 어떤 사람은 학교에 들어오고 싶어서 또 그렇게 힘을 들이고….

오영은 미애가 떠올랐다. 미애는 가끔, 불쑥 생각나곤 했다. 핸드폰을 정리하다가, 인터넷에 떠도는 웃긴 사진을 보다가도 머리를 스치곤 했다. 잘살고 있겠지. 그 손목의 알바트로스처럼 쉽게 지치지 않겠지. 미애가 보고 싶은 건가? 그건 아니었다. 하지만 미애에게 듣고 싶었다. 묻고 싶었다. 학교 밖에서 살아가는 일들에 대해. 자유가 생기면 당연히 따라오는 의무의 무거움에 대해.

 아, 오해하지는 마세요. 학교를 원한 건 나보다 우리 엄마였으니까요. 물론 와보니까 썩 나쁘지는 않네요.

 썩 나쁜 건 뭔데?

 뭐, 여전히 사람이죠.

그동안 재하가 공부방에 오지 않으려 했던 이유가 짐작이 갔다. 친구와 같이 놀아 본 적이 없어서 친구처럼 놀아 주는 법을 몰랐겠지. 그동안 자기를 벌레 보듯 하던 어른들에게 복수하듯이, 아이들에게 자기를 모두 보여주는 것은 아직 어려운 일이었겠지.

그래, 그럼 오늘은 여기서 애들 춤 가르치는 거 보고 있어.
나랑 기수랑 하면 되니까.

일어서는 오영에게 재하가 잠깐만요 했다. 돌아보니 가방에서 뭔가를
꺼내고 있었다. 자세히 보니 아이언맨 마스크였다.

 유진 선배가 이제 저보고 애들 가르치라고 했어요.
오영 선배나 기수 선배보다 제가 낫다면서요. 크크.

재하는 늘 쓰고 다니던 흰색 마스크를 벗고 가면을 썼다. 듬성듬성 빠
지고 있는 머리카락까지 완전히 가려졌다. 오영은 대꾸가 떠오르지 않아
멍하니 보고 있었다. 그렇게 온몸과 얼굴을 완전히 가린 아이언맨은 오
영을 향해 한번 씩 웃더니 손과 발에서 불꽃을 내뿜으며 아이들에게 날아
갔다. 아이들이 "우와" 하며 소리쳤다.

6장
끼어든다

에어컨을 산 다음 날, 오냥이 없어졌다.

올해 더위는 몇 년 만의 더위가 될 거라는 에어컨 회사 광고인지, 협박인지가 일기 예보에서 빠지지 않더니 정확하고 신통하게 숨 막히는 더위가 시작되고 있었다.

 못 살겠다. 에어컨 사자.

 곧 쓰러질 것 같은 아파트에?

했지만 엄마는 듣지 않았다.

 아파트가 쓰러지기 전에 사람이 먼저 쓰러지겠다.

엄마는 몇몇 아는 피디들에게 전화를 하더니 방송국이 협찬받았던 중고 에어컨을 주문했다. 특별히 재벌들 나오는 드라마에 출연했던 에어컨이랜다. 킥킥.

그리고 에어컨이 들어온 날, 오영은 오냥과 함께 바람을 따라다녔다. 우와, 이건 비 오기 전에 부는 바람 같아. 우와, 이건 저녁 7시에 평상에 누웠을 때 부는 바람이야. 바람은 뜻하지 않는 곳에서 훅 왔다가 쉭 갔다. 머리를 쓰다듬기도 하고 옆구리를 간지럽히기도 했다. 생각보다 좋은데? 그지 오냥? 그렇게 오냥과 킥킥거리면서 뽀송하게 잠든 다음 날. 오냥은 사라졌다.

새벽에 나가는 엄마를 배웅할 때도 몰랐었다.

 신기하네… 얘가 엄마 나가는데 나와 보지도 않고.

 피곤해서 자나 보지. 어제 그렇게 뛰어다녔으니까. 근데 난 니가 이렇게 새벽에 일어나서 날 배웅하는 게 더 신기하다.

 그지? 그래서 앞으론 안 하려고. 크크.

오영도 얼떨결에 깬 잠이 끌어당겨서 바로 다시 누웠다. 그렇게 설핏 잠이 들다가 이상한 느낌에 오영은 깜짝 놀라 깼다. 이렇게까지 기척이 없을 리가 없는데? 아, 맞아. 지난번에 베란다에서 서성거렸지.

서둘러 베란다에 나가 봤다. 없었다. 엄마의 침대 밑에도, 박스 안에도 없었다. 믿기지 않았다. 헛웃음이 나왔다. 야, 너 장난하지 말고 빨리 안 나와? 부엌 구석에 어제저녁 에어컨 기념 파티라며 새로 따 준 통조림이 깨끗이 비어 있었다. 바람이 눈에 보이는 것처럼 미친 듯이 따라 다니면서 거들떠보지도 않더니 새벽에 먹은 모양이었다. 그럼 먹은 지 얼마 안 된 거다. 얼마 전까지 여기 있었던 거다. 다시 한번 이름을 부르면서 집 안을 샅샅이 뒤졌다. 없었다. 혹시 집 밖으로? 어떻게? 그게 중요한 게 아니다. 일단 집에는 없는 거다. 집 밖으로 나가 아파트 단지를 찾아다녔다. 천연덕스럽게 한쪽 구석에서 툭 튀어나올 것 같아 들린 곳을 또 가보고, 또 가보고 했다. 온몸이 땀에 젖을 때쯤 시간을 보니 벌써 1교시가 시작될 시간이었다. 서둘러 담임에게 전화했다.

저 오늘 결석해야 할 것 같아요.

왜?

저 오늘 생리….

하려다 말았다. 치사했다. 내 몸을 가지고 하는 거짓말은 싫다.

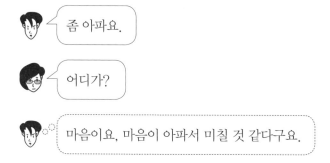

좀 아파요.

어디가?

마음이요, 마음이 아파서 미칠 것 같다구요.

내일부터 기말고사야. 내일은 와라.

담임은 전화를 끊었다. 숨을 크게 쉬었다. 어떡하지? 그래, 일단 엄마한테도 전화하고. 엄마는 별로 놀라지 않았다.

 걔가 가면 어딜 가겠냐? 가도 금방 다시 오겠지. 근데 너 지금 시간이 몇 신데 아직 집인 거야?

엄마한테는 학교를 빠질 거라는 얘기는 하지 않았다. 자, 진정해. 이제 시간이 생겼어. 처음부터 다시 시작해 보자. 우리 집은 4층이야. 고양이라도 뛰어 내릴 수는 없어. 엄마가 나갈 때도 분명히 보이지 않았어. 그럼 어떻게 나간 거지? 아니지, 어떻게 나간 거지가 중요한 게 아니지. 일단 얘는 나갔어. 생각이 얽혀서 제자리를 돌고 있었다. 갔던 자리를 자꾸 다시 가보는 것처럼, 했던 생각을 계속 다시 했다. 혹시 집 어디에 숨어 있는 거 아니야? 미친 듯이 다시 집에 뛰어들어 와서 온 방과 구석을 또 뒤지기 시작했다. 욕실 바닥에 있는 비누통을 들어 보기까지 했다. 없었다. 한참을 그러다 온몸에 기운이 빠져 소파에 쓰러지듯 누웠다. 금방 소파 밑에서라도 뛰어나와 냉큼 가슴으로 올라올 것 같았다. 깜짝 놀라 나가보고. 다시 놀라 들어오고. 혹시나 에어컨을 틀면 나타나려나 해서 에어컨을 켰다 끄기를 반복했다. 바람이 움직이는 게 보였다. 그 바람에 따라 뛰는 오냥이 보였다. 그렇게 하루가 갔다. 아침부터 먹은 게 없는데 저녁이 다 돼서도 배가 고프지 않았다. 해가 지면서 멍해지기 시작했다. 화가 나기도 했다. 이 나쁜 년, 들어오기만 해봐라. 절대 문도 안 열어줄 거다. 하는데 눈물이 왈칵 쏟아졌다. 어떻게 해. 어떻게 해.

기말고사의 첫날이었다.

1교시부터 시험지는 거들떠보지도 않고 답안지에 이름만 쓰고 나서 애들은 시간을 지겨워하기 시작했다. 그러다 아무 생각 없이 화장을 한답시고 거울을 꺼내는 애들을 말리다 지친 미코가 한숨을 쉬며 말했다.

 다음부터는 시험 전날에는 밤새고 와라.
그래야 아침부터 푹 잘 수 있으니까.

미코의 당부대로 오영은 시험 시간 대부분 잠을 잤다. 오냥에 대해 아무것도 할 수 없는 시간에, 오냥 때문에 잠을 잘 수 없던 시간을 메꾸는 수밖에 없었다.

 왜 전화 안 받았어? 어제 여러 번 전화했는데.

가방도 챙기지 않고 멍하니 앉아 있는 교실로 용해가 찾아와 물었다.
학생회 선거 이후에 처음 보는 것 같았다.

 우리 집 고양이가 날 버렸어. 나간 게 아니야.
길을 잃은 게 아니야. 날 버린 거야.

 그래서 지금 니가 요즘 나 같은 얼굴을 하고 있구나?

농담할 기분 아냐.

 그렇더라도 그렇게 맥 놓고 있으면 애가 돌아오냐?
뭐라도 해야지. 전단지도 붙이고, 인터넷에도 올리고.

아, 그래. 일단 동네에 전단지라도 붙여야겠다고 생각했다. 서둘러 핸드폰 사진첩을 뒤졌다. 그런데 전단지에 붙일만한 오냥 사진이 한 장도 없었다. 세상에. 가까운 것은 흔하다고 생각했구나. 늘 있을 거라 생각했구나. 아, 그럼 혹시 엄마에게?

골라서 써. 말이 튀어나오기 무섭게 사진들이 핸드폰으로 쏟아져 들어
왔다. 조금만 핸드폰을 기울이면 사진들이 옆으로 흘러내릴 것 같았다.
쓸만한 사진을 찾아 급하게 넘기던 오영의 손가락이 문득 느려졌다. 엄
마에게 온 것들도 쓸 수 있는 사진이 거의 없었다. 오냥 혼자 찍은 사진이
없었다. 오영과 같이 찍은 사진들이었다. 같이 텔레비전을 보면서 웃는
사진, 장난감으로 놀아 주는 사진, 밥을 먹는 오냥을 쭈그리고 앉아 보고
있는 사진, 소파에 둘이 잠든 사진. 그것도 오냥이 아닌 오영에게 포커스
가 맞춰진 사진들이었다. 사진 속의 오영은 한 번도 카메라를 보고 웃고
있지 않았다. 오영의 웃음은 오직 오냥에게만 향해져 있었다.

이걸 다 언제 찍었데? 말도 없이… 갑자기, 어이없게 엄마한테 미안했
다. 가까운 걸 잃으면 또 다른 가까운 것이 보이는 건가 싶었다.

둘째 날 시험도 어제와 별다르지 않았다. 잠이 쏟아졌다. 지난밤에 오영은 밤새 컴퓨터 앞에 앉아 오냥 사진을 이리저리 확대하고 오렸다. 그런데 막상 완성하고 보니 프린터가 없었다. 용해에게 연락해서 파일을 보냈다. 5분도 안 돼서 전화가 왔다.

 야, 이것도 사진이라고 붙인 거냐? 해상도가 떨어져서 고양이인지 털뭉치인지 알 수가 없잖냐. 원본 사진 좀 다 보내봐.

한 시간이 좀 지나 용해에게서 파일이 왔다. 돈을 내고 사라고 해도 샀을 것 같았다. 마술이었다.

 고마워. 진짜.

말로만?

그럼?

네가 보내준 사진들… 내가 가져도 되냐?

이게 미쳤나? 그걸로 뭐 하게? 안 돼. 다 지워. 당장.

아니, 난 그냥….

내가 이래서 너를… 에효, 됐다.

멍하니 종례가 끝나고 전단지가 궁금했다. 용해네 교실에 가볼까 하다가 물결이 생각에 그만뒀다. 용해는 가방 한가득 전단지를 담아왔다.

 넌 시험공부 해야 하니까 이것만 주고 가라.

 1등은 시험 전날 공부 안 해. 벌써 다 끝냈지. 야, 종수. 준비해 놨냐?

 기름은 채워줘야 돼, 형.

종수가 오토바이 키를 주고 갔다. 아니, 도대체 넌 쟤를 또 어떻게… 묻지 말자. 일단 내가 급하다. 오토바이는 빠르고 신속했다. 꽤 많은 동네를 다녔다. 그래도 그 많은 양을 다 붙일 수는 없었다. 해가 지고 있었다.

 짜장면이라도 살게.

 넌 중국 사람한테 중국 음식을 사고 싶냐?

중국집에 앉아서 용해는 SNS에 가입하는 법을 알려줬다.

전단지보다 이게 나을 거야.

　오영은 그동안 하지 않던 모든 SNS에 가입했다. 용해가 만들어 준 오냥의 모든 사진을 올렸다. 그 와중에 '뭐 잘한 일이 있다고 애를 이렇게 예쁘게 만들어 놨을까? 사실 이렇게까지 귀엽지는 않구만.' 하기도 했다.
　드디어 손을 뗄 수 없는 마약 같은 세계에, 빠져나갈 수 없는 늪의 세계에 오영이 들어 온 것을 사람들은 열렬히 환영했다. 그리고 오영이 올리는 사진들을 보면서 처음엔 자랑인 줄 알고 부러워했다. 그러나 사람들은 곧 같이 걱정하고 미안해하기 시작했다. 물론 미안해만 했다. 걱정하기만 했다. 오냥의 소식은 들을 수 없었다.


　학교에 와서 핸드폰을 내야 하는 일이 제일 괴로웠다. 도대체 왜 핸드폰은 걷어가는 거야? 언제 어디서 연락이 올지 모르는데. 시험이란 걸 알면서도 분통이 터졌다. 시험이 시작되기 전 제일 늦게 핸드폰을 내고 제일 먼저 핸드폰을 받아왔다. 쓸만한 소식은 여전히 없었다. 그러나 그렇게 뭐라도 하고 있으니 조금은 진정이 됐다. 그래 원래 길에서 생활했었으니까. 고양이보다 여우에 어울리는 놈이야. 잘살고 있을 거야. 예방 접종도 다 했고 아픈 곳도 없었으니까. 그런데 아… 씨… 이 웬수가 말이라도 좀 하고 나가지.


　방학식이었다. 담임은 무언가 할 말을 망설이는 느낌이었다.

 방학 동안 잘 놀아라. 놀다가 사고 치면 혼자서 해결해라.

혼자서 해결이 안 되면 부모님께 말씀드리고 그래도 안 되겠으면 나한테 연락해라. 시간이 얼마 안 되지만 어쨌든 방학이라도 니들 얘기를 들어주는 게 내가 월급 받는 이유니까. 아, 그리고 종수는 방학 동안 똥 잘 싸라. 기수는 춤 연습 잘하고. 효인이는 방학 동안 화장 좀 쉬고. 아니, 화장실을 쉬라는 말이 아니고 화장을 쉬라고. 병수 넌 오토바이 면허 따고. 오영은 반장하느라 수고했으니까 많이 먹고 살 좀 찌고….

담임은 한 명 한 명 짚어 종례를 했다.

 아, 뭐 이렇게 길어.

몇 명이 투덜거렸지만 역시 담임은 못 들은 척했다.

받아든 성적표가 매우 우울했다. 이름만큼 등급은 나왔었는데… 이제 내 성을 육 씨나 구 씨로 바꿔야겠구만… 제일 충격적인 건 반에서 2등을 했다는 거였다. 헐, 제대로 문제를 풀어 본 게 거의 없는데. 도대체 우리 반 인간들은.

어쨌든 성적표가 나왔으니 농장에 가야 했다. 어차피 오냥이 밥을 주러 시간을 지켜 집에 가야 할 일도 없었다. 무엇보다 이제 정말 아무도 없는 집에 들어가기 싫었다.

어제도 혹시 오냥이 농장에라도 갔나 싶어서 들렀었다. 어디라도 가야 했다. 그래야 마음이 놓였다.

나한테도 별 얘기는 없었어.

처음 헐레벌떡 뛰어온 오영에게 오릉은 깜짝 놀라며 말했었다.

 아, 그래 맞아. 저번에 여기 왔었을 때, 나한테 이렇게 물었어.
넌 태어날 때부터 아빠랑 있었냐고.

태어날 때부터 오영네와 같이 있지 않았던 오냥이 그렇게 물었다는 건 처음 같이 살던 사람에 대한 것과 연관이 있을 거라고 생각했다. 하지만 길거리에서 스스로 따라와 식구가 된 오냥은 자기가 어디서 왔는지 뭐 하다가 왔는지 한 번도 말한 적이 없었다.

시간을 보니 점심때가 지나고 있었다. 농장에 가서 아빠랑 늦은 점심이라도 같이 먹을까? 오영은 서둘렀다.

농장에 도착하니 아빠가 어디를 가려는지 서두르고 있었다. 돌아보니 어느덧 잡초들이 다시 허리를 넘고 있었다.

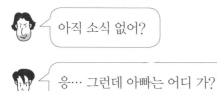 아직 소식 없어?

응… 그런데 아빠는 어디 가?

 오늘 골프장 공사장 앞에서 집회가 있어.

그래? 그럼 나도 같이 가.

사람도 별로 없었다. 그나마 열댓 명 되는 사람들만 정해진 자리에 있었고 나머지 사람들은 땡볕을 피해 그늘에 들어가 있었다. 아빠가 서둘러 트럭에서 깔개며 부채, 물을 꺼내고 앰프를 설치했다.

 자자, 이리로 모이세요.

 더워 죽겠구만… 얼른 끝냅시다.

아빠가 제일 먼저 마이크를 잡았다.

 그럼 먼저 정수장 보호를 위한 골프장 신설 반대 운동에 관해 그동안 진행된 일에 대해 경과 보고하겠습니다.

 경과 보고는 무슨.
결론은 저것들이 쇠심줄 마냥 버티고 있다는 거 아녀?

 버티기는 제길…
아예 귓구멍을 닫고 상대도 안 해준다고 합디다.

 이것들이 증말 뜨거운 맛을 보여줘야 정신을 차릴랑가.

몇몇 어른들이 나와서 얘기를 했다. 양복을 입은 사람도 있었고, 아기를 업은 아줌마도 있었다. 해가 기울기 시작했지만 날이 여전히 더웠다. 사람들은 자기들끼리 욕을 섞어 얘기하다가 앞에 선 사람이 말을 마칠 기미가 보이면 노래방에서 남 노래 듣듯 성의 없이 박수치고 다시 자기들 얘기로 돌아갔다. 집회를 경험해 본 적도 없고, 이걸 해야 할 이유도 잘 모르고 있는 것 같았다. 오영이 해를 가리려고 들고 있던 부채가 힘들어질 때쯤 갑자기 오영 머리 위로 그늘이 만들어졌다. 돌아보니 용해였다.

니가 여긴 웬일이야?

양산 가져왔다. 하하.

왜 왔냐고?

몰랐어? 내가 대책위원장님 비서 아니냐?

비서가 위원장보다 늦게 오는 경우도 있냐?

아니. 사실 내가 제일 먼저 왔는데,
이 근처 좀 둘러볼 일이 있어서.

용해는 골프장 반대쪽 산을 가리켰다.

저 산 보이지? 나무도 없이 축대만 쭉 있는 산 말이야.
저 산이 잘하면 이 문제를 해결해 줄 수도 있을 거야.

 어떻게?

 중국이 옛날부터 쓰던 방법. 이이제이.
오랑캐는 오랑캐끼리 싸움을 붙인다. 하하.

 무슨 말이야?

일부러 그러는 건지, 이제 아무렇지도 않은 건지 용해는 그동안 피하려고 했던 중국 얘기를 먼저 꺼내고는 했다.

 일단 아버님께 먼저 말씀드리고. 너랑은 할 얘기가 따로 있어.

집회는 날씨만큼 뜨겁지 않았다. 구호를 외치고, 노래를 부르고, 몇몇 어른들은 악을 쓰며 골프장을 규탄했지만, 트럭은 무심히 먼지를 날리며 그 옆을 지나가고 있었다. 어둑해질 무렵 집회는 끝났다.

물건들을 정리하고 시동을 거는 아빠에게 몇 사람이 와서 말을 걸었다. 아빠가 그들과 얘기하는 걸 보던 용해가 오영에게 얘기했다.

 이제 방학도 됐으니까 본격적으로 일을 시작할 거야.
생일도 지났고.

생일?

 나 이제 꼭 채워 스무 살 됐다고. 법적으로 뭘 해도 되는 나이. 그래서 니가 나 좀 도와주면 좋겠어.

 내가 뭘 도와? 그리고 그 일이 진짜 돈이 되겠어?

 당장 내일부터 올 손님이 세 팀이야.

아빠는 아빠 농장에서 나온 좋은 식재료를 용해네 민박집에 배달해 주었다. 오영은 딱히 할 일이 없었다. 손님이 다섯 명 이상 되면 그저 용해를 따라다니며 짐을 들거나 여자 손님들이 필요로 하는 일을 해주는 정도였다. 어떻게 손님을 모았는지 대부분 젊은이였다. 가까이서 본 용해는 잘 해내고 있었다. 넥타이를 매고 반짝이는 구두를 신었다. 싸 보이지 않는 옷들이었다. 그러면서 그들에게 자랑이 될 수 있는 장소를 찾아내고 SNS에 올리기 딱 좋은 사진들을 찍어줬다. 그림자처럼 따라다니면서도 걸리적거리지 않았다. 용해 역시 하나의 자랑이 되고 있었다. 멀찍이 떨어져 있다가도 필요한 게 있는 것 같으면 그때그때 다가가 유창하게 통역도 했다. 용해가 뭐라고 했는지 손님들은 무슨 말을 할 때마다 크게 웃었다. 용해가 말한 '럭셔리'는 비싼 음식을 먹고 화려한 공간에 머무는 것이 아니라, 남들이 해보지 못한 경험을 하며 좋은 대접을 받는다는 걸 의미하는 것 같았다. 그들은 그걸 위해 돈을 쓸 준비가 되어 있었다. 엄청

난 중국 부자의 자식들이 한국 젊은이들이 즐기는 문화를 그대로 체험한다는 명분 아래 지하철을 타고 다니면서도 불만이 없는 건 그런 용해의 능력 때문이었다. 첫날은 보통 자기들끼리 사진을 찍던 젊은 여자애들이 둘째 날부터는 꼭 용해 팔짱을 끼고 같이 사진을 찍으려고 했다. 참 묘한 기분으로 오영은 그 모습을 보곤 했었다.

 할머니 뵈러 가야지? 언제 갈까?

유일하게 용해네 손님이 없는 주가 있기는 했다. 하지만 올해는 할머니 댁에 가고 싶지 않았다. 여전히 오냥이 없다는 상황이 빈 곳을 딛는 발걸음 같았다.

 우리 없는 사이에 오냥이 오면 어떡해?

 글쎄, 나도 그게 걸리긴 하는데….

 조금만 더 기다려보자, 엄마.

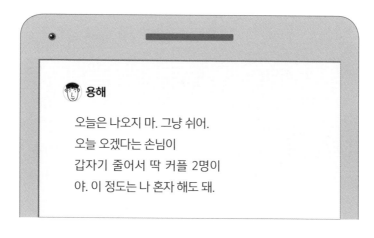

오늘은 나오지 마. 그냥 쉬어.
오늘 오겠다는 손님이
갑자기 줄어서 딱 커플 2명이
야. 이 정도는 나 혼자 해도 돼.

이른 아침에 전해온 소식이 반가웠다. 늦은 장마가 기승을 부리고 있었다. 그렇지 않아도 몸이 무거웠다. 얼마 남지 않은 방학에 마음도 무거웠다. 할머니께도 미안했고, 엄마에게도 미안했다. 그래, 방학이 끝나기 전에 돌아오지 않으면 나도 깨끗이 포기하겠어. 그러면서 하루 종일 침대에서 나오지 않던 참이었다.

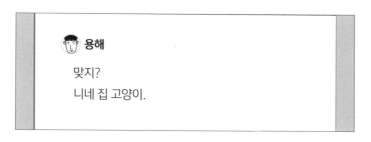

맞지?
니네 집 고양이.

다시 용해였다. 높은 곳에서 침대로 떨어져 튕겨 나오듯 오영은 벌떡 일어났다. 손이 떨렸다. 용해가 보내준 사진을 보고 바로 알아볼 수 있었다.

어디야?

지하철역까지 버스로 30분. 다시 지하철로 10분이면 가는 대학가였다. 서울의 초입. 반대로 말하면 서울의 끝. 역 이름은 대학교를 따서 그 앞이라고 했지만 사실 술집 동네였다. 돈 없는 화가, 조각가들이 모여 작은 찻집들을 만들고 작업실을 겸해서 살고 있던 동네였다. 작년부터 예술가들 대신 돈들이 들어와 이제는 완전히 변해 있었다. 반 애들이 그곳에서 술을 마신다는 얘기를 몇 번 들어서 알고 있었다.

도착하니 예상대로 비가 오는데도 사람이 넘쳐나고 있었다. 골목골목까지 술집과 음식점들이 가득 찬 거리에 헤아릴 수 없는 사람들이 흐르고 있었다.

 **용해**

난 손님들 데리고
다른 장소로
이동해야 해. 미안.

용해가 찍어준 지도와 사진만으로 장소를 쉽게 찾을 수 있었다.

거기에 오냥이 있었다. 정말 있었다.

오냥은 처음 보는 낯선 남자가 노래를 부르는 옆에 앉아 있었다. 비를 막으려고 쳐놓은 간이 천막 안에서 머리에 어울리지 않는 리본을 묶고 있었다. 사람들은 그 남자의 연습이 더 필요해 보이는 노래를 듣고 있는 게 아닌 것 같았다. 전부 오냥을 보고 있었다. 오냥은 사람들에게 곰살맞게 반응해 주고 있었다. 돈을 주면 냉큼 다가가 돈을 물고 깡통에 넣었다. 하지만 천막 밖에서 잠깐 나오라며 돈을 팔랑거리고 있는 손은 거들떠보지도 않았다. 비를 싫어 하나 봐. 깔깔깔. 정말 말귀를 알아듣는 거 아냐? 앞에 놓인 깡통에 돈을 넣는 손들이 많아졌다. 그러다 오영과 눈이 마주쳤다.

  잠깐만 기다려. 금방 끝나.

별로 당황하지도 않는 것 같았다.

  넌 죽었어.

오영이 입으로 또박또박 보여줬다.

  별일도 아닌 걸 갖고.

사람들이 점점 더 모여들고 있었다. 어느 정도 돈이 차오르자 오냥은 길게 기지개를 켜더니 돈 통 앞에 가서 섰다. 노래를 끝낸 남자가 기타를 든 채 얘기했다.

오늘은 제 동업자가 웬일로 장사를 그만하자고 하네요. 하하하. 그럼 마지막으로 제 노래 한 곡….

사람들은 흩어지지 않았다. 마지막 곡을 끝낸 남자는 오냥 머리에 리본을 풀었다. 그리고 만 원짜리 몇 장을 집어 들더니 오냥 목줄에 달린 지갑에 넣어줬다. 사진 찍는 소리가 요란했다.

 지하철역 근처 튀김집 앞으로 와.

오냥은 금세 어디론가 사라졌다. 가보니 튀김집은 세 개였다. 아, 진짜 이… 왔다 갔다 하는데 골목에서 오냥이 부르는 소리가 들렸다.

 따라오지 마.

 한 번만 더 그 소리 해봐. 진짜.

오영은 진짜 화가 났다. 너무 화가 나서 눈물이 날 것 같았다. 눈치 빠른 고양이는 잠깐 멈칫했다.

 할머니가 수술해야 한대. 그 돈만 채워주면….

 할머니 누구? 아까 저 음치는 뭐야? 그동안 어디 있었어? 그 할머니가. 아니, 누구든 너랑 옛날에 같이 살던 사람이야? 도대체 어떻게 알고… 도대체 어떻게 나가서… 넌 도대체….

오냥은 누가 보는 사람은 없는지 주위를 둘러보더니 가만히 오영을 바라봤다.

 불쌍한 눈 하지 마.

 알았어.

 너랑 옛날에 살던 분들이야? 자식들은 없어?
나한테 말하면 내가 도울 수도 있었잖아?

 맞아. 나 어릴 때 나랑 살던 사람들이야. 내가 굶어 죽을 것 같아서 버리고 나온 사람들이고. 자식들? 내가 전화 한번 하는 걸 들은 적이 없다. 진짜 인간들은 이해할 수 없어. 늙은 사람들 둘이 돈이 없어서 병원도 못 가고 밥도 못 먹는데, 연락도 안 하는 자식이 있다고 도와줄 수 없대. 니가 돕겠다고? 법이라는 게 돕지 못하는데 니가 어떻게 도와?

오냥은 초조한 듯 자꾸 골목 밖을 쳐다봤다.

 그럼 거기서 계속 살 거야?

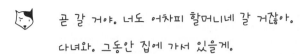 곧 갈 거야. 너도 어차피 할머니네 갈 거잖아.
다녀와. 그동안 집에 가서 있을게.

 약속했다?

나 진짜 가야 해.

 잠깐만. 너 가기 전에 거기 서봐.

아, 왜?

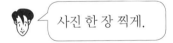 사진 한 장 찍게.

물이라면 질색을 하던 오냥이 퍼붓는 비를 뚫고 사라졌다.

7장
일어난다

방학이 끝났다.

 나 알지? 이름 안 써도 되지?

개학하는 첫날, 첫 시간. 작년 담임이었다.

 우리 담임 샘은요?

종수가 물었다. 새로운 담임은 칠판에 'ㅇ'을 세 개 쓰더니 그 위에 '소 사도'라고 썼다. 하나도 안 변하셨네.

 전근 가셨다.

전근은 무슨. 사립학교에서. 우리를 바보로 아나.

결국 일어날 일이 일어난 것이다. 이번 영화는 해피엔딩은 아니었다. 어벤져스를 이끌려던 원더우먼은 지구 밖으로 쫓겨났다.

 오늘부터 내가 이 반을 맡기로 했다. 잘 지내보자.

소문은 금방 퍼졌다. 원다민 잘렸대. 시험지 보여주고 돈 받았대. 아니, 미코가 짜증 나게 굴어서 팼다는데? 말도 안 되는 소리가 떠돌아다녔다. 그 소리 중에는 담임이 종수 얘기를 듣고 처음에는 학교 뒤편 구석에 이동용 화장실을 놓으려 했다는 얘기가 있었다. 혼자 뚝 떨어진 공간에 혼자만 들어갈 수 있는 화장실. 그건 비웃음 속에 거절되었다고 했다. 그건 처음 듣는 얘기였다. 결국 생각대로 되지 않자 학교 밖 편의점에 돈을 주고 애들이 화장실을 쓸 수 있도록 했다고도 했다. 그건 아는 얘기였다. 그래놓고 애들이 마렵다고만 하면 무조건 외출증을 써 줬다는 얘기. 금방 드러날 일이었고 다른 담임들이 가만있지 않을 얘기였다. 더구나 애들은 그곳에서 편안하게 담배를 피웠다. 당연하게 동네 주민들의 항의 전화가 쏟아졌다.

 똥도 제대로 못 싸는 나라에서 인권은 무슨.

교육청 모의고사를 풀어주다가 인권에 관한 문장을 읽으며 무심코 내

뱉던 말이 생각났다.

선생님. 화장실 가면 안 돼요?

안 돼요.

급해요.

그래도 안 됩니다.

아, 왜요?

네 입으로 네가 안 된다고 했잖아요?

네? 아… 화장실 가도 돼요?

가세요.

수업 시간이 시작되면 꼭 화장실을 가겠다는 애들이 있었다. 그때마다
담임은 얘기했었다.

앞으로 화장실 갈 일 있으면 나한테 허락받지 말고 그냥 가면
됩니다. 다만 잠깐 손들어서 화장실 간다는 걸 나한테 알려주

고 뒷문으로 조용히 나가세요. 한 번에 한 명씩.

담임은 교실을 쭉 둘러봤다. 맹맹한 눈들이 초점 없이 담임을 보고 있었다.

내가 수업 시간에 편하게 화장실 가라고 하니까 좋은가요? 아니면 아무 생각이 없는 건가요? 음… 니들은 한 번도 이상하다고 생각해 본 적 없나요? 도대체 화장실 가는 걸 왜 교사한테 허락받아야 하는지에 대해서 말입니다. 여기가 유치원도 아닌데. 선생님들한테 화장실에서 뭘 도와달라는 건가요?

여기저기서 웃음이 들렸다.

유치원 애들도 싸는 건 각자 알아서 합니다. 한 가지 더. 여기가 감옥인가요? 군대인가요? 왜 인간의 가장 기본적이고 은밀하고 싶은 일을 남들 다 듣는 데서 허락을 받아야 하는지, 난 정말 이해할 수 없습니다.

쉬는 시간에는 못 가니까 수업 시간에 가는 거예요. 쉬는 시간이 너무 짧다구요. 그리고 늦게 들어오면 무조건 무단 지각 처리하잖아요?

그런 점도 있겠죠. 하지만 솔직히 말해봅시다. 쉬는 시간에 안 가고 꼭 수업 시간에 화장실 가겠다는 사람들. 일단 사람 많은 게 쪽팔린 거죠? 당연하겠죠. 나 같아도 쪽팔렸을 테니까.

담임은 잠깐 종수를 봤다.

그리고 말이 나온 김에 화장실 문제 좀 같이 생각해 봅시다. 먼저 학교에 얘기해서 휴지는 화장실 칸마다 채우도록 하겠습니다.

휴지만 문제인 건 아니에요. 문고리가 성한 게 없어요.

솔직히 남자들 소변기마다 칸막이도 해주세요. 남자들도 옆에서 누가 같이 싸면 잘 안 나와요.

또 다른 건?

담임은 작은 일에 분개했고 그걸 고치고 싶어 했다. 화장실에서 수학여행까지. 그건 변화였고 변화는 사람들의 반발을 불렀다. 모난 돌은 정을 맞았고 흐린 물을 만들던 미꾸라지는 추어탕이 된 거겠지.

애들은 담임이 갑자기 바뀐 것에 대해 그렇게 놀라거나 아쉬워하지 않았다. 너 작년에 저 샘이 담임이었지? 어땠어? 뭐 저 정도면 나쁘지 않아. 정도의 얘기들이 오갈 뿐이었다. 버림받는 일에 익숙해져 있었고 관심받는 일에 서투른 애들이었다. 담임은 그걸 깨보고자 했지만 시간은 짧았고 손 내밀었던 애들은 적었다. 하지만 종수는 달랐다. 자기 얘기에 귀 기울여주는 어른, 자기가 겪는 작은 어려움이라도 같이 해결해 주려고 하는 어른, 의심보다는 일단은 믿어 주는 어른을 처음 경험해 본 종수는 그 달콤함에 새로운 담임을 받아들이기 어려웠다. 자기 삶의 한 부분을 어른들이 마음대로 바꾸는 게 짜증 났다. 그리고 자유로운 학교 밖을 잃어버릴 수도 있었다. 일주일이 지나 종수는 그 불만과 불안을 자기만의 방식으로 내질렀다.

샘. 샘도 우리 외출증 끊어 주실 거예요?

종례 시간이었다. 작년에는 잘 들어오지도 않던 교실에 새로운 담임은 조회, 종례를 꼬박꼬박 들어오고 있었다. 담임이 들어오기 전부터 책상 위에 발을 올리고 머리를 벽에 기대고 있던 종수가 그 자세로 그대로 물었다. 송상동 선생은 그런 종수를 어이없다는 듯 바라보고 있었다.

아니. 그건 안 돼.

아… 씨… 왜요?

발 내려.

외출증요.

 발부터 내려.

 외출증! 외출증! 외출증!

종수가 시작하자 어벤져스들이 박자를 맞춰 소리치기 시작했다. 손을 들어 그만하라는 신호를 보였지만 애들은 말을 듣지 않았다. 소리는 점점 커졌다. 책상을 치는 소리도 섞이고 있었다. 손을 내린 새로운 담임은 천천히 종수 쪽을 향해 다가갔다. 종수는 어쩔 건데 하는 표정으로 다리를 내리지 않고 있었다. 애들이 오… 하면서 흥미진진한 싸움을 기다리고 있었다. 오영은 말려야 한다고 생각했다. 이런 싸움은 둘 다에게 회복할 수 없는 상처를 남기니까. 그러나 이미 새로운 담임은 종수 앞에 서 있었다.

 발 내려.

싫은데요.

하는 순간 어디서 힘이 났는지 담임이 종수의 멱살을 잡고 번쩍 들어 올렸다. 빠르고 간결한 동작이었다. 기습에 놀란 종수가 어쩔 줄 몰라 하는 사이에 담임의 손은 목을 조이고 있었다. 종수는 벽에 매달려 캑캑거리고 있었다. 거리의 어린 싸움꾼들은 훨씬 더 험한 세상을 살아온 어른들의 싸움을 몰랐다. 어른들은 이기는 싸움을 해오지 않았다. 지지 않으려는 싸움. 견디는 싸움을 해 온 사람들이었다. 무엇을 더 가지려고 하는 싸움보다 뺏기지 않으려는 싸움을 해온 사람들이었다. 그래서 무엇보다 맷집이 좋았다. 세월에 맞으며 견뎌온 맷집은 쉽게 무너뜨릴 수 있는 게 아니었다. 그 맷집에 대한 자신감은 결과를 생각하지 않는 싸움을 시작하게 하는 것이다. 그건 무서운 것이었다.

 외출증 막 끊어 주는 담임이 좋았지? 그 담임을 쫓아낸 게 너 같은 새끼들이야. 이 은혜를 모르는 새끼야. 호의를 건방으로 갚는 새끼야. 거기까지 가서 담배를 쳐 피면 욕은 누가 먹을 거라고 생각했어? 책임은 누가 질 거라고 생각했냐고? 니가 모르는 게 있어. 원다민 선생은 살아갈 인생이 많이 남아서 니들을 참아준 거고, 난 선생 생활이 얼마 안 남아서 니들을 참아줄 수 없어. 알아들어?

손을 놓자 종수는 빨래 떨어지듯 아래로 구겨졌다.

담임은 숨을 몰아쉬고 있었고 애들은 숨을 멈추고 있었다. 조용한 교실에 햇살만 시끄러웠다.

옥수수와 토마토와 고추를 수확할 시기였다. 한창 정신없이 바쁠 시기였다. 그런데 골프장 문제가 터지고 난 뒤 아빠는 농사를 접었는지 이런 시기에도 농장에 와달라는 연락이 없었다. 무소식은 희소식이 아니었다. 오영은 아빠가 궁금했고 땅이 궁금했다. 농장에 도착했을 때 아빠는 혼자 잔디에 앉아 눈을 감고 다스림을 하고 있었다. 짧아진 해가 더위를 거두고 있었다. 오영은 아무 말 하지 않고 오릉이 올라가 있는 평상에 앉았다. 오릉은 아빠를 방해하지 않으려는 듯 오영을 보고도 짖지 않았다. 둘은 가만히 앉아 아빠를 지켜보고 있었다.

아빠의 가부좌는 빈틈이 없어 보였다. 살도 찌지 않은 아빠가 돌부처처럼 무거워 보였다. 그런데 호흡은 가벼웠다. 배에서 오르내려야 할 숨이 가슴을 거쳐 어깨 위에서 놀고 있었다. 종수를 내려놓은 담임의 호흡이 그랬던 것처럼 아빠의 호흡도 고르지 않았다. 호흡을 아끼는 것인지 제어가 안 되는 것인지 갑작스레 터져 나오기도 하고, 한참을 막혀 얼굴이 진하게 붉어지기도 했다. 가라앉지 않는 숨 때문인지 아빠의 허리 쪽부터 몸이 흔들렸다. 힘이 떨어지는 듯했다. 호흡을 놓치고 있었다. 아빠가 눈을 번쩍 떴다. 옆에 앉아 있던 오릉이 아빠의 눈빛에 놀라 벌떡 일어났다.

휴우우….

긴 숨이었다.

잘 안 돼?

그러게. 오늘은 호흡이 자꾸 도망가는데?

그제야 오영은 밭을 한번 쭉 둘러봤다. 공동체 식구들이 손을 봤는지 생각보다 정리는 되어 있었지만, 역시 아빠의 손길이 닿지 않았다는 것은 금방 알 수 있었다.

 골프장은?

 글쎄 말이야. 골프장도 자꾸 도망가던데?
할머니는 건강하시지? 오냥도 잘 있고?

지난여름 할머니 집에선 길게 길게 잤다.

 아따, 잠비가 잘도 오시는구먼.

 할머니, 잠비가 뭐야?

 여름에 오시는 비지 뭐겠어. 비가 오시면 농사꾼들은 할 일이
없으니께 잠만 자는 것이지 뭐.

여름비는 잠만 오게 하는 것은 아니었다. 마른 땅에 내리는 먼지 냄새 나는 봄비와 달리 좋은 흙냄새가 났다. 무엇보다 좋은 것은 소리였다. 지붕에 떨어지는 비와 마당에 떨어지는 비는 소리가 달랐다. 나무에 떨어지는 비와 풀에 떨어지는 비도 소리가 달랐다. 그 서로 다른 소리는 잘 어울렸다. 구름으로부터 도착하는 거리가 달라서인지 먼저 닿는 지붕의 비가 통통 튀며 높은 소리를 내면 마당에 내리는 비는 점잖고 깊은 소리를 냈다. 그 소리에 오영은 오랜만에 오냥을 잊고 잠들 수 있었다.

할머니. 일도 제대로 도와 드리지 못하고…
이렇게 가서 죄송해요.

 든 자리는 몰래도 난 자리는 안다고. 아무리 말 못 하는 하찮
은 미물이라도 정 붙이면 식구인디… 니가 맴이 아주 상해서
그런 걸 어쩌겠냐?

 할머니, 걔 말 잘해요. 돌아오겠죠, 뭐.
고양이 찾으면 꼭 연락드릴게요.

 그려, 어여 가.

엄마는 아무 말도 않고 지난해처럼 할머니를 세워두고 여러 번 사진을
찍었다. 그러고 나서 할머니 손을 들어 얼굴에 대고 한참을 있었다.

차가 집 가까이 오면서 가슴이 뛰었다.

 없으면 어떡하지?

 무슨 소리야? 당연히 없겠지. 꼭 오냥이 우리 없는 사이에 돌
아오겠다는 약속이라도 한 것처럼 들리네.

 엄마, 좀 빨리 가면 안 돼?

마음이 급했다. 아파트 입구에 들어서서 엄마가 주차를 하기도 전에 오영은 차에서 내렸다. 엘리베이터를 기다릴 수 없었다. 계단을 2개씩 뛰어올라 현관문을 벌컥 열었다. 없었다. 방을 열어보고 베란다에 나가봤다. 없었다. 멍하니 서 있는데 엄마가 할머니가 주신 감자며 양파를 낑낑대며 들고 왔다.

좀 같이 들고 가자니까 뭘 그렇게 급하다고. 있어? 없어?

없어.

다시 한번 찾아 봐봐. 하기야 그사이에 와 있다는 게 더 웃기기는 하다. 내가 나도 모르게 네 말에 빠져가지구….

그러면서도 엄마는 짐도 풀지 않고 오영이 찾아본 곳을 다시 둘러보고 있었다. 고양이는 은혜를 갚는다. 길고양이에게 밥을 주면 쥐나 새를 잡아서 가져다준다는 건 누구나 알고 있는 얘기다. 물론 이 망할 놈의 오냥은 고맙게도 한 번도 그런 적이 없었지만. 어쨌든 은혜를 갚는다는 건 기억을 한다는 거다. 그 기억에는 약속도 포함되어 있을 거다. 자기 방에서 멍하니 생각하고 있던 오영에게 밖에서 엄마가 부르는 소리가 들렸다.

야. 야. 영아. 어머. 어머. 어머. 애 좀 봐. 진짜 와 있네?

오냥은 소파 위에서 눈을 땡그랗게 뜨고 두 모녀를 보고 있었다.

그럼. 할머니는 여전히 기력도 좋으시고 땅 욕심도 여전하셔서 그 빌린 땅들을 하나도 안 돌려주고 계속 짓고 계신다니까.

그래, 그래야지… 한 분이라도 그렇게 건강하셔야지….

그게 무슨 말이야? 한 분이라도라니. 혹시….

그렇지 않아도 너한테 연락하려던 참이었어.
오늘은 꼭 토마토를 따야 하거든. 자, 일하러 가자.

아빠의 호흡을 어지럽히는 문제가 골프장 말고도 더 있다는 생각이 들었다. 하지만 늘 그래왔듯 오영이나 아빠는 서로가 말하려 하지 않는 건 굳이 묻지 않았다. 오영은 장갑을 끼고 모자를 썼다. 해가 얼마 남지 않았다. 서둘러야 했다.

서두를 필요도 없었다. 해가 완전히 지기 전에 토마토 수확은 끝났다. 소출은 적었고 씨알도 작았다. 예상은 했었어도 그 작은 양에 아빠는 힘이 빠지는 것 같았다.

오늘도 짜장면 시키자.

짜장면을 같이 먹던 용해가 생각났다.

이렇게 벌어서 무슨 외식을 합니까요? 그리고 아까 보니까 밥통에 밥이 그대로 있던데 아빠 밥은 먹고 다니는 거야? 그냥 그거에 김치 넣고 볶아 먹자. 내가 해줄게.

 아냐 아냐. 내가 할게.

아빠가 서둘러 들어갔다. 곧 김치 볶는 냄새가 고소했다. 갑자기 배가 고파진 오영이 옆에 있던 토마토를 한입 물었다. 여문 토마토가 팡 터지며 갈증이 사라졌다. 문득 1학기 담임이 생각났다. 지난번 교실에서의 일은 어차피 한번은 터질 거라고 생각했던 장면이었다. 3월 초부터 예상되던 장면이었다. 다만 어른 역의 배우가 급하게 바뀌었다는 정도만 다를 뿐이었다. 그리고 또 다른 점은 공격과 수비가 바뀌었다는 점이었다. 토마토를 내려놓고 오영은 전화기를 들었다. 담임에게 전화했다. 이럴 수는 없는 일이었다.

잘린 거예요?

응.

어떻게 그럴 수가 있어요?

내가? 학교가?

둘 다요. 교실은 다시 전쟁터가 되고 있어요.

 그건 프리랜서가 신경 쓸 일이 아니지.

 네?

 기간제라고. 나 기간제 교사였다고. 같은 말이야.
뭘 그렇게 안 어울리게 어색해하는 거야?

담임의 목소리는 처음으로 밝았다.

 지금 뭐 하세요?

 지금? 요즘? 영아, 질문을 정확하게 해야지.
나 그런 거에 무지하게 예민하다 너.

 요즘요.

 놀아. 한 넉 달 벌었으니 최소한 석 달은 놀아야 하지 않겠니?

 논다구요?

 그럼. 사람이 놀려고 일하지 일하려고 놀겠니?

논다는 거. 그게 그동안 내가 월급 받았던 이유지.

　한 번도 해 보지 못한 생각이었다. 누구보다 열심히 일하는 아빠가, 쉬지 않고 일을 좇아 나가는 엄마가 노는 것을 본 적은 없었다. 엄마, 아빠가 일을 하는 이유는 뭘까? 아니, 그런 생각을 한 번이라도 하면서 일을 하는 것일까?

 진짜 궁금했던 게 있어요. 그동안 왜 그렇게 사고 쳤어요? 그것도 기.간.제.이면서요.

 믿는 구석이 있었으니까.

 그럼 진짜 이사장 딸이라도 되는 거예요?

 하하하.

　전혀 다른 사람 같았다. 일을 그만둔 불안. 그런 건 개나 줘. 하는 목소리였다.

 일단 난 가진 게 없었어. 가진 게 없으면 무서운 게 없으니까 싸움을 잘 할 수 있어. 난 잘려봐야 제자리니까. 또 하나는 너희들이었어. 미리 감동하지 마. 너희들이 힘이 됐다는 건 아니야. 내가 그만두면 아무도 니들을 맡고 싶지 않을 테니까 다른 선생들도 웬만하면 내가 있어 주기를 바랐던 거지. 그런데 내가 벌이는 일들을 도저히 참을 수 없었나 봐. 그만둬 달라고 사정을 하더라고.

 그래서 우리를 포기한 거예요?

 포기? 뭐 그렇다면 그렇다고 해야겠지. 그런데 선생들은 좀 포기하면 안 되는 거냐? "이룰 수 없는 꿈은 슬퍼요. 나를 울려요." 뭐 이런 노래 가사도 있기는 한데 안 되는 일에 억지로 매달려 가지고 나를 갉아 먹으면서 괴로워하는 거보다 나을 수 있어. 니네도 안 그래? 남들이 떠넘긴 이룰 수 없는 꿈에 짓눌려 사는 것보다 지금에 충실하면서 사는 게 현명할 수 있는 거야. 그리고 선생들이 뭐 특별한 존재라고 생각하지 마. 선생들은 니네 부모도 아니고 목사, 수녀도 아니야. 모든 사람이 그렇듯 딱 자기가 월급 받는 만큼만 일하면 훌륭한 거야. 물론 안 그런 사람들이 많아서 문제이긴 하지만.

전화한 사람이 내가 처음이었을까? 담임은 빠르게, 많이 말하고 있었다. 그 말들은 맞는 것 같았지만 가슴에 심어지지는 않았다. 담임은 학교 안에서와 학교 밖에서의 삶이 완전히 다른 것 같았다.

 영아, 네가 포기라는 말 때문에 생각이 많은 것 같은데 포기라는 말을 편하게 쓸 수 있는 사람은 포기하기 전까지 최선을 다

한 사람이라는 거야. 최선을 다하다가 그게 안 돼서 돌아서면 깨끗이 잊는 것. 그게 포기의 매력이기도 한 거야.

오영은 말없이 듣고만 있었다. 옆에 있는 오릉의 꼬리가 점점 빨라지는 걸 보니 밥이 거의 다 된 것 같았다.

 교실이 전쟁터가 돼가고 있다고? 송 선생님한테 종수가 엉긴 모양이구만. 송상동 선생님은 좀 쿨하게 애들을 대하시면 더 좋을 텐데….

 이제 가봐야 할 것 같아요.

 그래. 잘 지내라. 그리고 오영. 앞으로 글을 좀 써봐. 뭐든. 너 소질 있어. 내가 문학 선생이었다는 건 알지?

처음 듣는 소리였다. 글이라니… 문학 시간의 수행 평가는 대부분 글을 쓰는 것이었다. 한 번은 "내 멋대로 위인전"이라는 과제로 글을 쓴 적이 있었다. 누구나 위대하다고 생각하는 사람의 누구나 칭송할 만한 장점을 단점으로 바꿔 생각해서 글을 쓰라는 것이었다. 그때 오영은 엄마, 아빠에 대해서 썼었다. 엄마, 아빠는 누구나에게는 아니지만 오영에겐 위대했고 오영이 칭송할 만한 장점은 아주 많았다. 특히 엄마는 자기 일에 대해 책임감이 컸고, 아빠는 자연에 대한 사랑이 컸다. 그걸 바꿔 생각하면 엄마는 집안일에는 소홀한 것이었고, 아빠는 사람에 대한 사랑이 부족한 것이었다. 그걸 솔직하게 썼던 기억이 난다. 그때 담임은 딱 한 마디 했었다. "시각이 좋아." 그걸 말하는 건가? 어쨌든 그 과제가 다시 주어진다면 오영은 옛 담임이었지만 지금 담임이 된 송상동 선생과 지금 담임이었지만 옛 담임이 된 원다민 선생에 대해 써보고 싶었다. 누가 더 좋은 담임일까? 애들에 대한 애정으로 분노하고 그 분노로 스스로 상처받는 지금 담임이 더 좋은 걸까? 아니면 정의와 인권이라는 큰 개념에서 애들의 이익을 위해 몸을 던지지만 실제로는 큰 애정이 느껴지지 않는 옛 담임이 더 좋은 걸까? 아니, 누가 더 좋은 사람일까? 누가 더 자기 삶에 정직한 걸까?

아빠가 밥 먹으라고 부르는 소리가 들렸다. 해는 완전히 졌고 아빠의 그림자가 어른거리는 비닐하우스 창문이 따뜻했다. 그래, 자연을 사랑하는 사람이 사람을 사랑하지 않을 리 없어. 그때 내가 뭘 잘못 알고 쓴 거야. 그걸 보고 시각이 좋다니… 엉터리구만. 어쨌든 그동안 고마웠어요. 그런데 다시 만나고 싶지는 않네요. 가르쳐 준 대로 나도 선생님을 깨끗하게 잊을게요. 안녕. 오영은 자기 키의 반만큼 대가 쑥 올라온 상추대를 뛰어넘어 비닐하우스로 뛰어갔다.

# 8장
## 떠오른다

달이 커지고 있었다. 일 년 중 가장 큰 달이 다가오고 있었다. 달은 점점 커지면 그 커지는 만큼의 인력으로 사람들을 고향으로 당기는 모양이었다.

　해준 것도 없는데 생각나는 곳. 그립기는 하지만 돌아가고 싶지는 않은 곳. 세상에서 말하는 성공한 사람들이 얼마나 수고했는지를 증명해주는 곳이자 그 성공의 크기를 자랑할 수 있는 곳. 뜻과 꿈이 꺾여 무릎으로 걷는 사람들이 아무도 몰래 숨어드는 곳. 사람들은 그곳으로 기를 쓰고 모여들고 있었다.

　엄마는 시장 사람도 아니었는데 추석이 대목이었고, 그렇게 모여든 전국의 고향에서 사람들이 웃고 울고 따라 부를 수 있는 노래를 부르는 가수를 빛나게 만들기 위해 바빠지기 시작했다. 더군다나 올해는 고향에서 머무를 수 있는 날이 길었다. 오영은 그 날들만큼 엄마를 보기 힘들었다.

어쩔래? 농장에 가 있든지.

 이번에는 오냥이가 아빠한테 가고 내가 엄마한테 갈게.

 나 일하는 데 따라 다닌다고?
뭐 그러든지. 나야 조수가 생기면 좋지.

달은 가득 차오르지는 않았지만, 충분히 컸다. 한쪽 구석을 지우개로 지우면 완벽한 원이었다. 그렇게 큰 무게가 오를 때는 왜 이리 빠른지 소파에 누워 있던 오영의 시야에서 금방 사라져 버렸다.

 오냥. 너 내일부터 아빠네 갈 거니까 우리 오늘은 거실에서 이불 깔고 같이 자자.

베란다 창문과 나란히 눕자 달이 다시 오영의 눈 위로 떠 올랐다.

 개들은 저런 달이 뜨면 달 보고 우우우 울던데, 니네는 안 그러냐?

 개들은 좀 서로 끈끈하잖아. 어릴 때 헤어지기도 많이 하고. 같은 달 보고 울면 소리라도 전해진다고 생각하나 보지.

말없이 가만히 있던 오영이 갑자기 우우우우 늑대 소리를 냈다. 엄마도 어디선가 이 소리를 들으면 좋겠다. 이 밤에도 어느 방송국 행사장 대기실에서 졸고 있을 엄마가.

오영이 오냥 쪽으로 몸을 돌려 누웠다.

 궁금한 게 있어. 너 그때 갑자기 왜 나간 거야?

 처음에는 냄새를 맡았어. 그런데 그게 익숙한 냄샌데 기억이 잘 안 나더라고. 그러다 소리를 들었어. 나랑 살던 할아버지가 냈던 소리. 내가 아주 오래전에 알던 익숙한 소리.

 그 소리가 할아버지 소리인 줄 어떻게 알았어?

 할아버지는 다리가 성하지 않았어. 많이 절었거든. 그런데도 돈이 없어서 목발을 하나만 사서 다녔는데, 그 끝이 금방 닳아서 미끄러우니까 새로 사지는 못하고 끝에 때수건을 붙이고 다녔어. 그 소리를 잊을 수 없어. 그 소리는 세상에 하나밖에 없는 소리야.

 그 할아버지가 이 동네에 오셨던 거야? 왜?

 처음엔 뭘 팔러 온 줄 알았어. 목발 소리를 듣고 내다보니까 할아버지가 맞더라고. 그런데 그때는 따라가고 싶은 생각은 없었어. 그런데, 나중에 보니까 팔러 온 게 아니라 훔치러 온 거더라고. 집 앞에 있는 우유며, 녹즙이며, 신문이며, 배달되어온 잡지며, 나중에는 조그만 택배까지. 요즘 좋은 아파트는 아무나 못 들어가는데 여기는 그런 게 없으니까 이 동네가 훔치기 좋았겠지. 더군다나 목발 짚은 할아버지를 누가 의심하겠어?

그래서 그 할아버지가 불쌍해서 따라간 거야? 너답지 않게?

오냥이 오영 팔뚝을 콱 물었다.

나 나가던 날, 할아버지가 결국 들켰어. 앞 동에서 젊은 사람한테 멱살을 잡혀 질질 끌려 나오더라. 젊은 사람이 별로 힘도 안 주고 내던지듯 밀쳤는데 넘어지면서 매고 있던 가방에 숨겨 둔 녹즙이며 우유가 터져서 할아버지랑 범벅이 되는데… 도저히 못 보겠더라구. 나중에 집 밖에 나가 찾아보니까 할아버지가 길 건너 공원 화장실에서 씻고 있었어. 무르팍이며 팔꿈치며 다 까졌더라고. 처음에는 이 집을 떠날 생각은 아니었는데, 할아버지가 그 더러운 화장실에서 할머니가 걱정할까 봐 목발에 기대서 옷을 벗어 빨고 있는 걸 본 거야. 할아버지 다리가 니 팔뚝만 하더라. 그 앙상한 팔다리로 빨래를 하면서 얼마나 서럽게 울던지. "여보, 우리 죽자. 같이 죽자." 그러면서. 나를 보더니 더 울고. 나는 안 울었어. 그 길로 따라간 거야. 내가 떠나온 사람들이기는 하지만 내가 아기일 때 날 살려준 사람들이니까 뭘 해줄 게 없나 싶기도 했고.

그렇게 밝던 달이 구름이라도 끼는지 갑자기 흐려졌다. 오영은 한참
말을 굴리다 툭 한마디 했다.

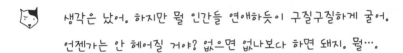
야, 그럼 말이라도 하고 가든가? 어쨌든 지금 너랑 사는 건 나잖아. 내 생각은 안 났어? 내가 얼마나 놀라고, 화나고….

생각은 났어. 하지만 뭘 인간들 연애하듯이 구질구질하게 굴어. 언젠가는 안 헤어질 거야? 없으면 없나보다 하면 돼지. 뭘….

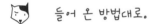
그래, 그럼 마지막으로 하나만 묻자. 너 어떻게 나간 거야?

들어 온 방법대로.

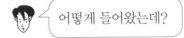
어떻게 들어왔는데?

나간 방법대로.

이게 진짜?

내가 말했지? 인간은 절대로 우리 고양이를 이해할 수 없다고.

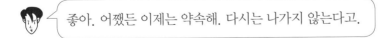
좋아. 어쨌든 이제는 약속해. 다시는 나가지 않는다고.

너나 나나 우리 동물이야. 움직이는 물건들이라고. 움직이라고 발까지 달린. 여기가 무슨 학교냐? 나가지 말라고 하게. 오랜만에 캔이나 하나 따봐. 고양이가 좋은 이유가 뭔지 알아? 주인한테 자유를 주기 때문이야. 동물이나 인간이나 서로 자유로워야 친구가 되는 거야.

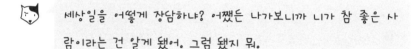 그래서 끝까지 나가겠다 이거지?

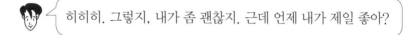 세상일을 어떻게 장담하냐? 어쨌든 나가보니까 니가 참 좋은 사람이라는 건 알게 됐어. 그럼 됐지 뭐.

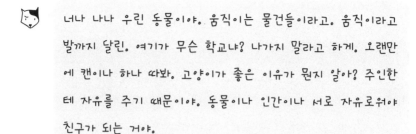 히히히. 그렇지, 내가 좀 괜찮지. 근데 언제 내가 제일 좋아?

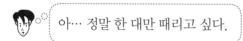 캔 가지고 올 때.

  캔을 가지고 오자 오냥은 언제 그런 걸 시켰냐는 듯 아무렇지 않게 잠들어 있었다. 고르릉 소리를 내며 깊이 잠든 오냥의 수염 하나하나에 달빛이 내려앉고 있었다. 달빛도 무거운지 오냥은 자전거를 타듯 앞발을 수염 쪽으로 자꾸 굴렀다. 오영은 그런 오냥을 한참 바라보며 생각했다.

아… 정말 한 대만 때리고 싶다.

방송국은 생각보다 컸다.

그래도 출연자 주차장에는 들어갈 수가 없었다. 엄마는 전속 스텝도 아니었고, 기획사 소속도 아니었기 때문에 일반 주차장에 겨우겨우 차를 세워야 했다. 좁은 주차 칸에서 옆 차를 건드리지 않으면서 옷과 화장품 박스를 꺼내는 일은 생각보다 쉽지 않았다. 대기실에 들어가니 가수가 먼저 와 있었다. 한때는 록을 하던 트로트 가수. 이번에 엄마가 맡기로 한 가수였다.

 잘 생겼네.

인사가 뭐 이래? 싶었다.

 웬일이야, 언니가? 오랜만에 듣는 칭찬이네?
영아, 오해하지 마. 너 얼굴 보고 하는 소리 아니야.

뭐지? 이 묘하게 기분 나쁨은?

 이름이 영이야? 이름도 'young' 하네. 부럽게.

 이 언니는 매력 있는 사람 보면 가끔 이래.
니가 맘에 든다는 뜻이야.

언니? 엄마보다 나이가 많다는 건가? 엄마는 화장품 박스를 준비하고 스팀다리미에 물을 채웠다.

 어? 어디 갔지? 나 원 참… 영아, 너 나가서 실핀하고 밴드 좀 사와.

낯선 거리에서 화장품 가게와 약국을 동시에 찾는 건 어려운 일이었다. 개똥도 약에 쓰려면 없다더니 열 걸음에 하나씩 있던 편의점도 눈에 띄지 않았다. 오영은 한참을 헤매다 겨우 한곳을 찾을 수 있었다. 그런데 돌아와 보니 엄마와 있던 대기실을 찾을 수 없었다. 똑같이 생긴 수십 개의 문에 붙어 있었던 이름표들이 없어지거나 다른 이름으로 바뀌어 있었다. 아무 문이나 열고 들어가 물어볼 수밖에 없었다.

 저기요.

들어오세요.

낯이 익었다. 한때 인터넷을 뜨겁게 달궜던 광장의 가수. 억울하고 답답한 사람들이 모이는 곳에서는 어김없이 나타났던 가수. 히트곡도 여러 곡 있었는데 요즘 방송에서는 거의 볼 수 없는 가수였다. 그런데 수만의 사람들 앞에서 거침없이 악을 쓰듯 노래하던 그 사람은 어디 가고, 작고 조용한 사람이 라면을 먹고 있었다. 낯익은 사람은 아는 사람처럼 생각되기도 한다.

우리 엄마 못 보셨어요?

큭. 라면이 걸린 것 같았다. 얼굴이 벌게지더니 눈과 코에서 물이 나왔다. 서둘러 손을 헤매는 게 휴지를 찾는 것 같아서 얼른 휴지를 쥐여 줬다.

 야, 인마. 내가 네 엄마를 어떻게 알아?

 아, 죄송합니다. 제가 방송국은 처음이거든요.

 그래서 다 큰 애가 엄마를 잃어버린 거야? 전화기는?

 가까운데 심부름 나오는 바람에 두고 나왔어요.

 이름을 알려주든가 내 전화기를 빌리든가.

 제 이름은….

 아니, 너 말고 엄마 성함.

 한 자, 의 자 하시거든요.

이럴 때는 아빠한테 배웠던 옛날식 이름 소개가 쓸모 있다.

아… 한의 님. 이름대로 나이를 거꾸로 가게 하는 이 바닥의 신. 내 옆 옆 방이야.

이 가수가 엄마 이름을 기억하고 있다니… 엄마가 있는 방을 찾아 들어갔더니 둘 다 졸고 있었다. 그 사이에 가수는 다른 사람이 되어 있었다. 새삼 엄마를 다시 보게 됐다.

왜 이렇게 늦었어?

오영은 조수로서의 몇 가지 불평을 늘어놓은 다음 다른 방에 잘못 갔다는 얘기를 했다.

이 아가씨, 생각보다 귀여운 구석이 있네.
누구 말하는 거야? 혹시 유성 말하는 거야?

네, 맞아요.

아까 인사하고 가더니 그쪽 대기실에 있었던 모양이네.

걔는 이제 정지가 풀린 모양이네요.

그런가 봐. 고생 많이 했지. 밤에는 대리운전한다는 소리도 들었으니까. 재능은 있는데 길거리에서 노래 좀 했다고 출연 정지를 시켜서 물 멕이는 놈들이 나쁜 거지. 애는 참 좋아. 눈물도 많고.

 눈물이 많아서 화도 많아요. 화가 많으니까 욕도 세지고. 평소에는 말도 별로 없이 배시시 웃으면서 우리 같은 스텝들한테도 깍듯한 애가 왜 그렇게 사람 많은 데서 욕을 하는지.

 욕을 할 만한 상황이었잖아. 어이없이 자식들 잃고 정신까지 잃을 것 같은 부모들이 단식하는데 그 앞에서 일부러 밥 처먹는 인간들. 그런 짐승들 앞에서 할 수 있는 게 뭐 있겠어.

 어, 그 아저씨다.

대기실 모니터에 유성이 녹화하는 장면이 나오고 있었다.

아무도 없는 밤늦은 거리
텅 빈 모니터
애들이 돌아간 놀이터
산을 넘어가는 구름
그곳에서 나는 당신을 봐요.
잠을 못 이루던 당신이 혼자 서 있던
외로움에 당신이 밤새워 들여다보던
고개 숙인 당신이 그네를 타던

집을 떠난 당신이 우두커니 앉아 있던

그곳을 향해 이제 내가 가요.

해줄 수 있는 건 별로 없어요.

그래도 같이 있으면 좋을 거예요.

당신이 생각하는 것보다. 당신이 생각하는 것보다.

 신곡인가?

 쟤 저렇게 달달한 스타일 아니었잖아? 어쨌든 나쁘지 않네.
저게 돈이 좀 돼줘야 할 텐데. 그래야 자기 하고 싶은 걸 또 하지.

 스타일이 뭐가 중요하겠어요. 남의 돈 벌어 사는 사람들이 돈
주는 사람들 입맛에 맞춰야죠.

 맞아, 한의 씨. 나 록할 때 정말 배고팠어.

한 곡이 거의 끝날 즈음 가수는 화장실을 간다며 자리를 비웠다.

 아까 유성 아저씨도 그렇고 이 아줌마도 그렇고. 매니저는
없어?

 가수라고 다 매니저 데리고 다니면서 운전시키는 사람들 생각

보다 많지 않아. 돈을 아껴야 하기도 하고 불러 주는 곳도 몇 군데 없으니까. 이 언니는 가끔 내가 다음 스케줄에 데려다줄 때도 있을 정도야.

 엄마, 그럼 우리 다음 스케줄은 뭐야? 집이야?

 이 언니 말고 한 팀 더 남았어.
삼인조 언니들인데 앞으로 두 시간은 더 있어야 올 거야.

 그럼 그때까지 우리는 뭐 해?

 뭐 하긴. 기다려야지. 방송일은 기다리는 게 반이야. 심심해?

 응.

 심심한 걸 즐겨. 너 나중에 커 보면 이 세상에서 걱정 없이 심심한 게 제일 큰 행복이란 걸 알게 될 거야.


가수 아줌마가 손을 닦으며 들어오고 있었다.

 조감독 애가 준비하라는데? 한의 씨. 우리 마무리하자.

엄마의 손이 가볍게 몇 번 닿자 아줌마는 다시 화사하게 꽃 피었다.

역시… 한의 씨 프리랜서 하기에는 너무 아까운 거 아니야? 저번에 CB 쪽에 천 대표가 제의한 거는 어떻게 된 거야?

나중에 얘기해요.

엄마가 오영을 흘낏 쳐다봤다. 가수 아줌마는 아차 하는 얼굴이 되더니 오영에게 말을 걸었다.

같이 사진 찍어 줘?

아니요.

왜? 트로트 가수는 자랑이 안 되는 거야?

원다민 담임 말이 생각났다. 안 된다고 생각하면 안 되는 거예요.

너무 무시하지 마라, 얘. 니네 또래들한테는 우리가 인기 없을지 몰라도 생각보다 우리 좋아하는 사람 많다, 너. 주로 가진 거 없는 사람들, 나이 많다고 이리저리 치이는 노인들… 다 우리 팬이라고. 트로트 무시하는 사람들 많은데, 그거 모르고 하는 소리야. 옛날에는 모차르트도 유행가 작곡가였던 거 아니?

모차르트와 우리가 다르다면 그때는 높으신 양반들 주로 들으라고 만든 거고, 우리는 아무나 다 들을 수 있게 만들고 부르는 거야.

그래서 트로트 가수로 바꾸신 거예요?
전 사실 밴드 하실 때 2집 앨범 좋아했어요.

하하하. 이런, 내 옛날 팬이 여기 있었네? 록은 돈이 안 돼서 바꿨어. 뭐 쉽지는 않았어. 내가 하고 싶은 거 마음대로 할 수 있는 사람이 어딨겠니. 이 자본주의 사회에서 살아가려면 내가 팔 수 있는 건 다 팔아야 하거든. 그래야 나도 너희 엄마처럼 너같이 잘생긴 딸을 키울 수 있으니까.

어른들은 너무 자주 우리 핑계를 대요.
그렇게까지 하는 건 부담스러워요.

영아. 이제 그만. 언니도 이제 들어가요. 감독 또 버럭 하겠어요.

어, 알겠어. 이봐 딸. 난 지금 너희들이 살아갈 세상의 비밀을 알려 준 거야. 어른들은 핑계가 아니라 너희들이 불쌍해서 그러는 거야. 나는 지금이라도 이걸 그만둘 수 있어. 감독이 한 번만 더 버럭 하면 욕을 뱉어주고 때려치울 수 있다는 거지. 그 힘이 뭔 줄 알아? 별거 없어. 돈이야. 내가 매니저도 없이 아끼고 아끼면서 모은 돈. 그런데 너희들이 살아갈 세상은 점점 그게 어려워질 거야. 어떤 일이든 시작하기도 힘들고, 한번 시작하면 언제든 그만둘 수 있는 자유가 별로 없다는 거지. 그걸 돈 있는 사람들은 귀신같이 알거든. 이것들은 내가 무슨 짓을 해도 어차피 갈 곳도 없다. 그러니까 맘대로 부려먹자. 그러거든. 우리 사회는 그렇게 그만둔 사람, 그만둬야만 했던 사람들을 잘 돌봐주지 않아. 어려운 말로 사회적 보장 시스템이 없다는 거지. 그러니까 니들은 기본적으로 자유가 없는 세상에 살고 있는 거야. 그만둘 수 있는 자유가 없는 세상. 그런 세상을 살아갈 너희들이 불쌍하다는 거야.

오냥네 할아버지도 그만둘 수 있는 자유가 없었을까? 도둑질을 그만둘 자유. 다른 방법으로는 병에 쓰러진 오래된 부인을 돌볼 수 있는 자유가 없었던 것일까? 그럼 할아버지의 도둑질은 정당화될 수 있다는 건가?

오영은 같이 사진을 찍었다. 같이 사진을 찍고 싶었다. 조감독이 험상궂은 얼굴로 들어왔고 아줌마는 조감독이 쓰고 있는 헤드폰 마이크에 대고 "아, 이 감독 미안. 미안. 이제 나가요." 했다. 아주 상냥하게. 아주 공손하게.

연휴가 끝났다. 휴일의 반대말은 학교다. 그래서 학교에 갔다.

그 날 이후 종수는 학교에 나오지 않고 있었다. 무리의 우두머리가 빠지자 그 일당들은 지리멸렬했다. 학교를 잠으로 견디고 있었다. 깨우지만 않으면 교실은 평화로웠다. 그 평화를 위해 어떤 선생들도 애들을 깨우지 않았다. 물려고 덤비는 애들을 상대하기에는 나이든 우리 담임보다 아직 월급을 받아야 하는 시간이 많이 남아 있었으니까.

점심시간이 끝날 즈음 담임이 불렀다. 교무실이 아니라 아무도 없는 상담실이었다.

 혹시 종수 소식 좀 들었니?

2학기 반장은 기수였다. 이건 기수한테 물어볼 얘기다.

 그래, 알아. 무슨 말 하고 싶은지.
하지만 기수보다 네가 더 잘 알고 있을 것 같아서.

용해가 봤다는 얘기를 해준 기억이 났다.

 배달하나 봐요. 배달통 실은 오토바이 타고 다니는 걸 봤다는 애들이 있었어요.

 음… 알았다. 내가 아무리 연락을 해도 받지 않아서.

샘은 그게 문제예요. 마음은 한없이 약하면서. 겉으로는 센 척하고. 그래놓고 또 마음 아파하고.

 원다민 선생님한테 부탁해 보지 그러세요. 그 샘 연락은 받을 것 같은데.

생각해 보자.

뭘 생각하세요. 그냥 바로 전화하시면 되잖아요?

별로 친하지 않았거든.

친한 게 아니고 안 좋으셨던 건 아니에요?

그렇지는 않았는데… 원다민 선생은 불편한 사람이었어. 매번 회의 때마다 학교 방침에 의문을 던졌으니까. 물론 나도 편하지는 않았지. 하지만 그 사람 얘기에 반대하지는 않았어. 좋은 게 좋은 거라고 넘어가면 아무것도 바뀌지 않으니까. 난 그걸 존중해주고 싶었다. 결국 원다민 선생은 돌을 던지고 떠났고, 그 돌은 파문을 일으키고 있는 중이지. 그게 변화야. 그 변화는 누군가 불편하다고 말하는 사람들, 그래서 몇몇 위험을 무릅쓰는 사람들이 시작하곤 하지.

그래서 이제 화장실에 일하시는 아주머니가 새로 오신 거예요?

그래. 그동안 화장실은 그걸 더럽게 쓰는 바로 그 애들이 청소해야 한다고 했던 학교가 그나마 바뀐 거지. 그것도 이 학교에선 큰 변화야.

 담임은 그 변화를 먼저 나서서 만들 생각은 없어 보였다. 다만 변화를 따라가며 돕기는 할 모양이었다. 아무도 맡지 않으려는 우리 반을 맡겠다고 자원한 사람도 담임이었다는 소문은 사실인 것 같았다. 창밖을 보는 담임의 어깨가 썰렁했다. 이발할 때가 지난 듯한 흰머리가 어지럽게 뒷목을 덮고 있었다.
 아! 흰 머리.

 샘 혹시 재하 아세요? 아니, 아시죠?

 몰라.

담임은 뒤도 안 돌아보고 대답했다.

 왜 교장 선생님인 척했어요?

 몰라.

 교장 선생님이 나중에 뭐라고 안 하셨어요?

 가진 게 없는 사람이 싸움을 잘 한다고 했다며?

그건 또 어디서 들으셨을까?

 저번에 봤지? 시간이 얼마 남지 않은 사람도 싸움을 잘해.

 맞아요. 정말 그런 것 같아요.
샘 진짜 가끔 개 멋있어요… 흐흐.

오영은 조용히 문을 닫고 나왔다. 복도는 다시 전쟁터였다. 그래, 이게 우리 학교지. 오영은 연휴 끝의 무거움에서 벗어나 다시 학교에 적응하고 있었다.

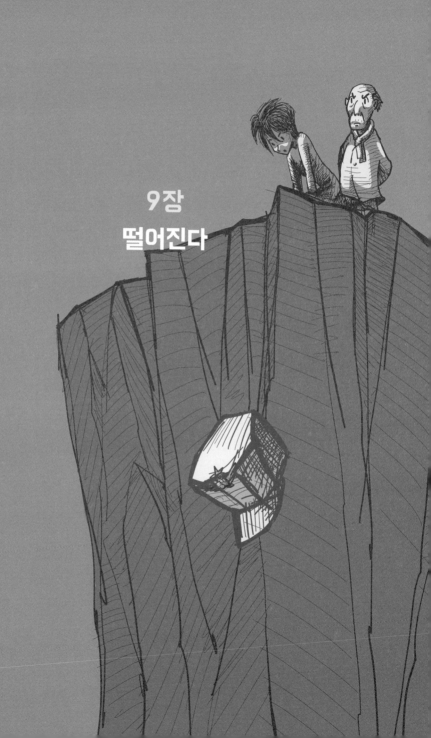

9장
떨어진다

입동(立冬)이 다가오고 있었다. 아침저녁으로 영하에 가까워지는 날씨가 상쾌했다. 여느 계절과 마찬가지로 겨울 소식은 땅에 제일 먼저 온다. 아니, 땅에서 일하는 농부들에게 제일 먼저 온다. 그 소식에 농부들이 겨울을 준비해야 하는 때였다. 아빠도 겨울을 날 양파 모종을 심고, 김장할 배추를 묶고, 갓이나 쪽파를 수확해야 할 때였다. 그러나 여전히 골프장 일이 해결되지 않으면서 아빠는 자꾸 시간을 놓치고 있었다.

 축하합니다.

종례 시간에 담임은 사탕과 과자를 돌렸다.

오늘은 학생의 날입니다. 어린이날, 어버이날, 스승의 날, 뭐 이런 것들은 거창하게 축하하는데 너희들이 주인공인 날은 아무도 챙기지 않는 것 같아서… 학생의 날이 '광주학생항일운동'이라는 독립운동에서 시작됐다는 건 한국사 시간에 배웠을 겁니다. 그런데 지금은 일제 강점기도 아닌데 왜 이걸 기억하느냐. 내 생각은 이렇습니다. 독립은 여전히 필요하기 때문이라고. 여러분들은 지금 독립을 준비하는 시기입니다. 자기 존재의 독립. 어른으로서의 독립 말입니다. 공부가 지겹다고 하는 학생들이 많습니다. 그럴 수 있습니다. 그러나 공부를 꼭 국·영·수에 한정해서 생각하지 말고, 보다 넓게 본다면 여러분들이 지금 학교에서 듣고 보고 하는 모든 일이 공부입니다. 어른이 되기 위해서 그리고 부모로부터 벗어나서 홀로 서는 데 꼭 필요한 공부라는 것입니다. 난 여러분들이 지금 모습에서 더 발전해서 꼭 좋은, 혼자서도 세상을 살아갈 수 있는, 어른다운 어른으로 성장하기를 바랍니다.

오… 몇몇이 박수를 쳤다. 피자나 치킨을 쐈으면 기립 박수가 나오지 않았을까 오영은 생각했다.

담임이 준 사탕을 하나 물고 학교 밖을 나서는데 아빠에게서 문자가 왔다.

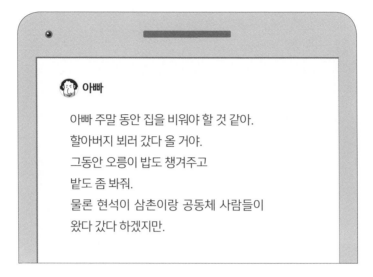

아빠

아빠 주말 동안 집을 비워야 할 것 같아.
할아버지 뵈러 갔다 올 거야.
그동안 오릉이 밥도 챙겨주고
밭도 좀 봐줘.
물론 현석이 삼촌이랑 공동체 사람들이
왔다 갔다 하겠지만.

할아버지? 할아버지는 돌아가셨는데? 아… 아빠의 사부. 아빠의 아빠.

아빠는 수련하다 오영의 몸이 생각대로 움직이지 않거나 느슨해질 때 언뜻 할아버지 얘기를 하곤 했지만, 그 외에는 할아버지를 입에 담는 일이 거의 없었다. 아빠에게 할아버지는 머리가 아니라 몸에 새겨진 이름이구나 하고 오영은 생각했었다. 아니, 머리에서 어렵게 지은 이름이 몸에만 남아 있는 건 아닌가 했다. 그러나 오영에게는 머리도 몸에도 남아 있지 않은 이름이었다. 한 번도 본 적이 없으나 실제로 존재한다는 이름. 정의, 사랑, 신 같은 먼 이름이었다.

그럼 주말 동안 내가
거기서 있을게. 엄마랑 ㅋㅋ

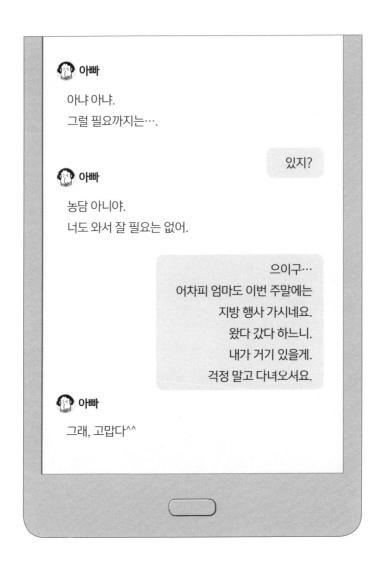

아빠

아냐 아냐.
그럴 필요까지는….

있지?

아빠

농담 아니야.
너도 와서 잘 필요는 없어.

으이구…
어차피 엄마도 이번 주말에는
지방 행사 가시네요.
왔다 갔다 하느니.
내가 거기 있을게.
걱정 말고 다녀오세요.

아빠

그래, 고맙다^^

엄마는 이제야 에어컨을 청소하고 있었다. 전선을 정리하고 어느새 만들었는지 꽃무늬 덮개를 씌우고 있었다. 에어컨 위에 올라가 있는 오냥이 안 내려오려고 엄마 손을 피해 요리조리 약 올리고 있었다. 이제 집에도 겨울이 오는구나 싶었다.

 엄마, 나 이번 주말에 농장에서 있을게.

 난 안 간다. 분명히 얘기했다.

 왜? 뭐 바쁜 일 있대? 야, 이 냥아치 좀 잡아봐.

 아니. 아빠가 할아버지를 뵈러 시골에 가야 한대.
그래서 나보고 오릉이 밥이랑 좀 챙겨주라고.

 같이 사는 내 밥도 까먹으면서.

 할아버지?

엄마는 갑자기 손을 멈추고 무슨 생각인가를 했다.

 음… 그래. 알았어. 그런데 너 거기서 혼자 자면 무섭지 않아?
누구 친구라도 데려가서 같이 자든지.

 오냥이 데리고 가지 뭐.

 내가 얘기했지? 고양이는 혼자 있어도 된다니까.

아니면 엄마가 같이 갈래?

 야!

 왜 화를 내고 난리서….

 아니, 너 말고 이 웬수. 너 진짜 안 내려와? 너 왜 그 친구 있
잖아. 물결이. 걔한테 연락 좀 해보지 그래.

물결이. 한참이나 잊고 있던 이름이었다. 물결이는 이번 여름에도 기
숙학원에 들어갔다 왔다는 얘기를 들었다. 누구누구 남자애와 사귄다는
얘기도 들었었다. 늘 가까이에 있으면서도 잊고 있는 이름이었다. 어디
있는지도 모르지만 늘 생각나는 이름인 미애와는 아주 다른 이름이었다.
오냥이 재미있는 듯 계속 까불고 있었다. 오영은 부엌에서 캔을 따다
가 소파 옆에 놔뒀다. 오냥이 얼른 내려왔다.

 어… 뭐 그건… 그건 그렇고 할아버지는 어떤 분이야? 난 한
번도 본 적이 없어서.

 나도 뭐 그렇게….

할아버지는 아빠보다 몸과 키가 훨씬 크다고 했다. 생김새도 아주 달
랐다고 했다. 엄마도 처음 봤을 때 부자지간이라고 생각하지 않았다고도

했다. 오영은 잘 상상이 되지 않았다. 엄마는 그림까지 그려가며 모습을 보여주었지만 곧 오영은 잊었다. 지금까지 만나온 적이 없는 할아버지를 지금 와서야 만날 일은 없을 거라고 생각했다.

농장에서의 주말은 재미있었다. 오영은 동아리 애들을 불러 모았다. 어차피 축제 연습을 하려면 모여야 했다. 오영은 익숙하게 바깥에 불을 피우고 고기를 구웠다. 고기는 아빠가 없었으므로 부담 없이 구울 수 있었다. 밭에 관해, 식물에 관해 모르는 게 없는 오영에게 모두 감탄했다. 기수는 오영만큼 씩씩했고 재하는 오영만큼 웃었다. 배가 터질 만큼 밥과 고기를 먹고, 아직 남아 있는 불에 고구마와 감자를 넣고, 잔디에서 춤 연습을 했다. 이제 연습은 거의 재하가 주도하고 있었다. 안무를 짜오는 것도 재하였지만 시범도 재하였다. 재하의 안무는 어디서든 한 번도 본 적이 없었다. 독특하고 재미있었다. 무엇보다 멋있었다. 동아리 사람들의 특징을 하나하나 알고 있었고 그에 맞게 역할을 분배했다. 혼자 두드러지지는 않지만 모이면 빛이 났다. 가운데 서지 못하더라도, 그래서 주목받지 않더라도 필요한 역할이 있었다. 각 팀원은 쉽게 할 수 없는 동작을 하나씩 부여받았고 그건 연습이 필요했다. 그러나 너무 높지 않은 목표여서 욕심이 나게 만들었다. 한 발씩 한 발씩 당겨 주었다. 하루가 다르게 춤이 달라지고 있었다. 재하는 훌륭한 감독이었다. 학교에서 한 번도 만나보지 못한 좋은 교사였다.

 공기가 좋아서 그런지 약 먹을 타임을 놓쳤는데도 그렇게 가렵지 않네요.

공기야 여기가 정말 좋지.
하지만 니 마음이 좋아서 그럴 수도 있어.

 하하. 그런가? 그런데 부탁이 있어요.

 응?

 작년에 랩 했다고 들었어요.
이번에도 마지막을 랩으로 장식했으면 좋겠어요.

 내가? 싫어.

 예?

 싫다고. 하하. 이번에는 랩도 네가 해. 잘하지 않아도 돼. 난
그냥 네 얘기를 듣고 싶어. 너도 하고 싶은 얘기가 있을 거야.
진심이야.

고구마를 먹다 묻은 검댕이 한가득인 얼굴로 재하는 와하하하 하며 또
웃었다.

갑자기. 할아버지가 왜 왔는지 아빠는 얘기하지 않았다. 어쩐지 엄마
도 이유를 아는 것 같았지만 역시 입을 다물었다.

당분간 농장에는 가지 마.

 왜? 지금 나름 바쁠 때야.

 니 말대로라면 농사일이 언제 안 바쁜 적 있어?
내 얘기가 아니야.

 그럼? 아빠가 연락했어? 둘이 연락한 거야? 오… 웬일로? 근데 왜 나한테 직접 하지 엄마한테 했을까?

 그건, 할아버지가 오셔서 나한테….

 뭐? 할아버지가 오셨다고? 농장에?

 하여튼 됐고. 아빠한테 연락 와서 와도 된다고 할 때까지 가지 마. 자세한 얘기는 아빠한테 가서 듣고.

그렇게 일주일이 넘게 지나고 농장에 가보니 아빠 비닐하우스 옆에 작은 컨테이너가 있었다. 아빠와 수련하던 작은 잔디밭 자리에 생뚱맞게 서 있었다. 그리고 오릉이 그 앞에 버티고 있었다.

 야, 오릉. 너 왜 여깄어? 니 자리는 저~어~기잖아.

내가 있는 곳이 내 자리야.

 얼라레? 야, 내가 늘 말하지만 넌 농장 개야.
서당 개가 아니고. 왜 풍월을 읊으서?

아빠가 컨테이너에서 나왔다.

 할아버지 오셨다. 들어가서 큰절 올려.

할아버지는 엄마에게서 들은 것보다 풍채가 크지 않았다. 오히려 말라 보였다. 아빠 옷이 헐렁했다. 할아버지는 한참을 낯선 얼굴로 오영을 바라봤다.

 애미야, 오랜만이구나.

 아버지. 영이에요. 제 딸.

 딸을 낳았다며?
첫딸은 애비를 닮는다는데 애는 안 데리고 왔니?

오영이 아빠를 돌아봤다. 아빠는 아무 말 없었다. 무슨 상황인지 알 것 같았다.

애기가 예뻤어….

할아버지는 멍하니 중얼거리고 있었다.

 미안하다. 미안하다. 내가 미역국 거리 하나 사주지 못하고. 미안해요. 미안합니다.

할아버지는 계속 고개를 숙이면서 미안하다고 했다.

 이제 좀 누우세요.

아빠는 할아버지를 번쩍 안아 두 개를 겹쳐 깐 요 위에 눕혔다.

 이제 그만 나가자. 쉬세요.

컨테이너 밖으로 나오니 여전히 오릉이 있었다.

 오늘은 유난히 정신이 흐리시네.

혼잣말처럼 아빠는 얘기했다.

 아빠 혼자 감당할 수 있겠어? 요즘 요양병원이라고….

알아. 그런데 일단 내가 해볼 수 있는 데까지 해보려고. 너만 도와준다면 말이야.

아빠는 쑥스럽게 웃었다.

아빠는 자리를 비울 수 없었다. 그래서 오영은 아빠 대신에 골프장 앞이나 시청 앞에서 1인 시위를 하기도 하고 서명을 받는 일에도 나섰다. 사람들은 당장 눈에 보이지 않는 위험은 위험이라고 생각하지 않는 것 같았다. 용해는 오영이 그렇게 나설 때마다 나타나 주었다. 오영이 들고 있는 피켓을 위주로 사진 찍고 그걸 시청 홈페이지를 비롯해 국회, 청와대 등 홈페이지나 각종 여론 사이트에 닥치는 대로 올렸다. 반응은 뜨뜻미지근했다.

 너 고생하는 거 보니까 이제 진짜 안 되겠다.

 안 되면? 이번에 버신 돈으로 골프장이라도 사 버리시게?

 아버님이 별말씀 없으셨어? 내가 저번에 방법을 말씀드렸는데, 답이 없으시네.

 우리 아빠 요즘 바빠.

 왜?

그럴 일이 있어. 그나저나 여름에 왔던 손님들 반응은 어때?

 좋아. 아주. 소문이 났는지 왜 가을에는 안 하냐고 난리야. 그쪽은 내 나이는 알지만 고등학생인 줄은 모르니까. 어쨌든 내일은 내가 농장에 가봐야겠다. 어디 편찮으신 건 아니지?

 야! 좀 적당히 해. 아빠가 아프긴 어디가 아퍼. 니가 뭔데? 농장에 오지 마. 가지 마.

용해에게 할아버지를 보여주고 싶지는 않았다. 그건 아빠도 마찬가지일 거라고 생각했다. 아직 용해가 그 선을 넘어 들어 올 만큼은 아니다. 하지만 그렇게 불쑥 화를 내고는 조금 미안해졌다. 용해는 어리둥절하고 있었다.

 전화로 해. 전화로. 전화는 충분히 받으실 거야.

유인물을 돌리고 서명을 받는 일은 사람들이 많은 주말에 주로 했다. 토요일 밤늦게까지 서 있다 지친 오영이 돌리고 남은 유인물과 서명지를 들고 집에 들어오자 엄마는 역시 없었다. 오냥이 에어컨 위에 있다가 냉큼 뛰어왔다.

고양이 머리에 뿔 날 일이네.
니가 웬일로 이렇게 반갑게 구는 거야?

 그냥. 오냥 동생 그냥. 캬하하하.

 뭐 좋은 일 있었어?

 아니. 일단 캔. 캔. 캔.

종잡을 수 없는 고양이에게 밥을 주고 오영도 씻고 나왔다. 서명대를 설치하고 사람들하고 같이 간단하게 김밥 하나 먹었더니 배가 고프기 시작했다. 라면이라도 하나 끓일까 해서 부엌으로 갔더니 오랜만에 냉장고에 엄마의 그림이 붙어 있었다. 한 남자가 가파른 산길 입구에서 노인을 업고 있었다. 그 뒤에서 여자애가 노인과 남자를 밀어주고 있었다. 오르막길을 쳐다보는 남자의 눈이 휑하니 비어 있었다. 누가 누구인지 알 수 있었다. 오영이 그림을 들고 소파에 와서 앉았더니 접시를 핥고 있던 오냥이 다가왔다.

 오늘 낮에 그린 그림이네.

오영의 머리에 뭔가 스치고 지나갔다.

오냥. 너 이 그림에 대해서 뭐 알고 있지?
할아버지에 대해서 알고 있지?

 아빠가 엄마한테 전화하는 걸 들은 건 있지.

 그게 뭐야?

 캔 하나만 더 가지고 와라. 너 늦게 와서 나 지금 많이 배고프거든.

할아버지는 혼자 살던 암자에서 폐인처럼 버려져 있었다고 했다. 밥을 해주던 공양주 보살 아주머니는 할아버지 상태가 계속 나빠지자 절을 떠나면서 겨우 여기저기 물어물어 아빠 전화번호를 알아내 연락한 것이라고 했다. 아빠는 차일피일 미루다 두 번째 전화를 받고 가보니 할아버지의 상태는 말이 아니었다. 할아버지는 모시고 오자 이상하게 계속 오영 엄마를 찾았다고 했다. 그래서 아빠가 목소리나 듣게 해 준다고 엄마에게 전화한 것이었고. 오영보고 오지 말라고 한 일주일 동안 아빠는 할아버지를 병원에, 목욕탕에, 이발소에 모시고 다녔을 거라고 오냥은 얘기했다.

 그 뭐라더라? 집을 하나 더 짓는다고도 했는데?

 쥐, 새가 어쩌고저쩌고하더니만 남의 전화는 잘만 엿듣는구만.

뭐라고? 기껏 얘기해 줬더니… 이야… 캔 하나만 더 가져오면 내가 용서해준다.

 이봐 오냥. 네가 벌써 까먹은 것 같은데 나 협박하지 마셔. 한 번만 더 협박하면 너 그 말도 안 되는 리본 매고 있는 사진 내가 확 오릉한테 보여줄 거야. 알겠어?

 헉. 그거 찍었어?

 뭘 남들도 다 찍더만.

 남들은 그게 나인지 모르지만 오릉은 알잖아… 히잉….

갑자기 기가 팍 죽은 오냥이 공손하게 오영의 다리에 올라와 엎드렸다.

 부탁이 있어. 영이야.
할아버지 모시고 산에 좀 다녀와. 답답하신 가봐.

일요일 아침, 서명지를 들고 찾은 농장에서 아빠는 대뜸 말했다.

 산에? 날도 쌀쌀한데… 정신은 좀 어떠셔?

뭐 금방 흐렸다 개었다 하셔. 그러니까 네가 좀 신경 써서 모시고 다녀와야 할 거야. 그래도 식사는 잘 하시는 편이어서 몸은 많이 좋아지셨어. 아, 참. 그리고 할아버지 모시고 산에 올라가면 꼭 네가 뒤에서 따라가.

 혹시 잡아드려야 할 일이 있으면 앞장서는 게 좋을 것 같은데?

 앞에서 할아버지를 끌 일은 없을 거야. 그걸 좋아하시지도 않을 거고. 더구나 오르막길에서는 뒤로 넘어지는 게 훨씬 위험해. 그러니까 뒤에 서서 따라가.

 그렇게 잘 알면서. 그렇게 마음 쓰면서 왜 나더러 가라는 거야? 그럼 아빠가 따라가지 왜?

 아빠는 할아버지 뒤를 오래 따라 다녔어.
이젠… 그리고 싶지 않아.


할아버지는 높지 않은 산 중간 중간에 멈춰서 몇 번이나 정상 쪽을 우러렀다.

 힘드세요?

….

손 잡아드려요?

일 없수다.

높지 않은 산에 깊지 않은 계곡을 지나면서 바위마다 사람들이 쌓아놓은 돌탑들이 보였다. 아슬아슬 쌓아놓은 그 돌탑들 중 하나를 골라 할아버지는 정성스레 돌을 올리고 깊게 허리 숙여 절했다.

애기 엄마도 돌 하나 올리시구려.

한숨을 쉬며 할아버지를 바라보던 오영은 이끼가 반쯤은 덮은 구석의 바위 위에 짚이는 대로 돌 하나를 올려 두었다.

아니 아니. 저 탑 위에 올려야지요.

아니요. 저는 높이 올라가려고 마음 졸이고 싶지 않아요.
그냥 이렇게 내가 세우고 싶은 곳에서 새로 시작할래요.

고집은….

할아버지는 생각보다 어렵지 않게 산에 올랐다.

온 동네가 보였다. 그 동네를 둘러싸고 높지 않으나 우락부락한 산들이 버티고 있었다. 그 산 밑으로 쉽게 헤엄쳐 건널 수 없는 개천이 흐르고 있었다. 그 가운데에 용해가 사는 집이 제일 먼저 보였다. 세지 않은 바람이 불었다. 그 바람에 황금색으로 칠한 아파트가 계곡에서 쌓은 돌탑보다 위태해 보였다.

장백산 줄기 줄기 피어린 자욱

처음에 오영은 그게 무슨 노래인가 했다.

압록강 굽이굽이 피어린 자욱

컨테이너에서 흘러나오던 노래였다. 아빠는 전생 때 북한의 인민군을 위해 부르던 노래라고 했다. 전형적인 4분의 4박자. 행진곡풍의 쓸데없는 비장미. 할아버지는 멀리 보이는 산들을 잡아당기듯 팔을 흔들며 힘차게 그 노래를 불렀다. 지금 할아버지의 의식 속에 저 노래는 무슨 의미일까? 그 시대가 그리워서 부르는 건지, 부르다 보니 그리워지는 것인지 할아버지는 계속 큰 소리로 노래를 불렀다.

 아니. 이봐요, 영감님.

 이 노인네가 실성을 했나. 여기가 어디라고 그딴 노래를 불러.

술 냄새. 각진 붉은 모자를 쓴 젊은 할아버지들이 다가왔다. 이 노래를 안다는 건 적지 않은 나이라는 뜻일 것이다. 그들은 다짜고짜 빈 막걸리 통으로 할아버지 가슴을 밀었다. 그런데 할아버지는 넘어지지 않았다. 벽처럼 서 있었다. 그렇게 서서 꿈쩍도 하지 않고 상대를 텅 빈 눈으로 보고 있었다. 오영이 나서려 했다. 할아버지는 오영의 어깨를 잡았다. 생각보다 센 힘에 놀랐다.

 어쭈? 이 영감 소싯적에 좀 놀아 본 모양일세.

숫자는 믿을 바가 못 된다. 자신들이 두 명이라고 해서 그 합이 한 명의 힘보다 클 것이라는 보장은 없다. 다시 막걸리 통이 할아버지 가슴을 향해 곧바르게 찔러 들어왔다. 자신에게 달려드는 것을 본 할아버지의 눈이 반짝 빛났다. 빠르게 지팡이를 들었다. 높이 들지 않았다. 지팡이가 칼처럼 막걸리 통을 뚫었다. 지팡이에 꽂힌 막걸리 통을 붙잡고 있는 붉은 모자나 보고 있던 붉은 모자나 모두 돌처럼 굳었다. 그 상태로 할아버지는 상대를 천천히 밀었다. 세 걸음만 더 가면 낭떠러지였다. 할아버지는 다시 노래를 부르기 시작했다.

온 조선 방방곡곡 새봄이 온다.
아 그 이름도 그리운 우리의…

 내가 좋아서 불렀겠냐? 안 부르면 죽인다고 하니께. 다들 까막눈에 글 줄이나 읽는 건 내 하나뿐이라고 총부리를 대갈통에 쑤셔 대는데… 내가 좋아서 불렀겠냐. 이 웬수 놈의 노래를….

아니, 뭐… 그때는 다 그렇게….

할아버지 안 돼요.

난 저 인간을 밀고 있는 게 아니여. 난 내 지팡이로 막걸리 통을 밀고 있는 거여. 떨어질 작정을 했는지 그걸 잡고 있는 건 저 인간이고. 지만 손 놓으면 아무 일 없을 것을. 쯧쯧.

그제서야 붉은 모자는 허둥대며 막걸리 통에서 손을 떼며 옆으로 비켜섰다. 할아버지도 멈췄다. 다시 바람이 불었다. 한숨처럼 바람이 불었다. 짧게. 그 바람에 붉은 모자는 휘 날더니 낭떠러지로 떨어졌다.

내려오는 길이 더 힘들었다. 다시 계곡을 지나면서 할아버지는 말했다.

돌을 쌓아 보시구려.

오영은 '아까도 했잖아요.' 하려다가 그냥 아무 소리 없이 돌을 쌓았다.

돌을 쌓을 때는 간절한 마음으로 쌓아야 하는 거예요. 이렇게… 이렇게….

할아버지는 보고 배우라는 듯이 오영의 손을 잡아끌었다. 그리고는 떨리는 손으로 돌을 쌓아갔다.

 할아버지. 이제 됐어요. 이제 그만.

할아버지는 멈추지 않았다. 돌은 위태하더니 우르르 소리를 내며 무너졌다.

농장에 돌아오니 아빠가 입구에서부터 기다리고 있었다. 할아버지는 갑자기 어린애가 된 것처럼 걷지 않으려고 했다. 아빠는 할아버지를 업었다. 컨테이너에 들어가려고 하는데 할아버지가 뒤돌아 오영에게 손짓을 했다.

 애기 엄마. 배워야 돼. 뭐든 무엇이든, 누구에게든. 특히 소리를 듣는 걸 배워야 해. 작은 소리를 구별하는 법을 배우면 목숨까지 건질 수 있거든.

 네. 알겠습니다.

아빠는 고맙다는 눈빛을 주고는 할아버지를 모시고 들어갔다.

전쟁 중이었다고 했다. 어린 할아버지는 전쟁이 일어난 초반을 빼고 산속에 숨어 있었다. 숨는다는 것은 눈을 감추고 귀를 연다는 뜻이다. 하나쁜인 외동아들의 목숨을 구하기 위해 할아버지의 아버지는 할아버지를 만나러 올 때면 일부러 신발을 질질 끌면서 왔다고 했다. 할아버지는 그 소리에만 얼굴을 내밀었고 그 덕분에 목숨을 부지했다. 그렇게 목숨을 부지해서 아버지도 있게 되었고 오영도 있게 되었다.

 할아버지는 동네에서 유일하게 글을 아는 사람이었어. 인민군이 처음 내려와서 사람들을 모아 놓고 사상교육 한답시고 노래도 부르고 인민군에게 보내는 편지도 읽고 했는데, 그걸 할 수 있는 사람이 할아버지 혼자였던 거지. 할아버지는 할 수 없이 사람들 앞에서 대표로 그걸 했고 그 덕분에 목숨을 건졌지. 하지만 인민군이 쫓겨 올라가고 나서는 그 덕분에 목숨을 잃을 뻔했어. 공산당에 부역한 빨갱이라고 이번에는 남쪽 사람들이 죽이려고 했으니까. 도망 다니고. 붙잡혀서 모질게 맞기도 하고. 결국 전과자, 그것도 빨갱이 낙인이 찍힌 할아버지가 갈 곳은 절밖에 없었지. 그러면서 할아버지는 내가 글을 아는 삶과는 떨어져 살기를 바라게 된 것 같아. 더구나 대학이라니… 할아버지 입장에서는 말도 안 되는 소리였지.

아빠가 해 준 얘기였다. 할아버지의 배움은 목숨과 관련이 있었다. 그건 잘 와닿지 않는 얘기였다. 오영은 다만 그렇게 살아온 할아버지보다 그 밑에서 자기 배움을 이룰 수 없었던 아빠의 절망이 더 안타까웠다. 아빠는 그 원망으로 그동안 할아버지와의 인연을 끊으려고 했던 것일까? 하지만 참 길고 긴 두 어른의 인연은 결국 지금 여기서 오영에게도 이어지고 있었다.

아빠는 나오지 않고 있었다. 더 기다릴까 하다가 오늘은 그만 가는 게 좋겠다 싶어서 발을 돌리는데 오릉이 길을 막아섰다.

 할아버지한테 잘 해드려.

 잘 할 것도 없지만 못할 것도 없는데 뭔 소리야?

 할아버지한테 냄새나.

 야! 너 그거 실례되는 말 아냐?

 아주 많이 나.

 아니, 노인분들은 원래….

 암에 걸린 사람들한테서 나는 냄새가 난다는 말이야.

오영은 깜짝 놀랐다.

 아빠도 아셔?

곧 아시게 되겠지.

즐거움을 얻기 위해서는 그 전에 고통이 있다. 방학이 있기 전에는 성적표가 있다. 성적표를 만드는 시험이 있다. 시험 기간 동안 오영은 공부했다. 생각보다 재미있었다. 대학에 대한 목표가 없으니까 오히려 홀가분했다. 누구나 열렬히 들어가고 싶어 하는 문. 들어가기 전에는 그 문을 통과하는 데 필요한 여러 절차의 부당함을 주장하지만 일단 문을 통과하면 부당함은 없다고 주장하게 되는 문. 그리고 그 문을 만드는 시스템을 온갖 핑계로 더 좁게 만들고 싶어 하는 문 너머의 사람들. 거기에서 한발 물러서자 공부라는 것이 세상의 많은 것들을 알려 준다는 것을 알게 되었다.

물론 시험 문제 중에는 '도대체 나한테 뭘 알고 싶은 거지?'라고 되묻고 싶은 치사한 것들이 많았다.

치사하다고 말하지 마. 어쨌든 너희들을 줄 세우는 게 내 일이야. 나 그거 하라고 월급 받는 거야.

선데이가 한 말이었다. 참 월급 받는 이유도 다양하다. 원다민 선생은 다른 선생들 앞에서도 저 말을 했었나? 유행어 같았다. 어쨌든 오영은 점수에 실패했다. 실패해도 부끄럽지 않은 시험이었다.

시험이 끝나고 방학 전에는 축제가 있었다. '라이크 미'는 사람들을 놀라게 했다. 재하는 단연 '라이크 미'라고 말할 수 있는 사람이 되었다. 여전히 온몸과 얼굴을 가리고 선 무대였지만 애들은 그것조차 멋으로 생각했다. 재하는 그동안 쌓아 두었던 것들을 폭발시켰다.

잠에서 깨도 잠이었어. 꿈에서 깨도 꿈이었지. 나를 쫓아 오는 좀비들. 막다른 골목에 막혀 숨을 헐떡이면 괴물들은 다가와 내 얼굴을 쳐다봤어. 괴물이야. 괴물이야. 괴물들은 소리쳤어. 그 괴물은 나였어.
꿈을 깨요. 일어나요. 아침이 기다리고 있어요. 해가 뜨고 있어요.
잠에서 깨도 잠이었어. 꿈에서 깨도 꿈이었지. 침대는 감옥이고 이불은 수갑이야. 발로 차고 물어뜯어도 이불은 나를 놓아주지 않아. 베개는 내 얼굴을 덮지. 무거워. 숨이 막혀. 소리 지르지. 베개에 찍힌 내 얼굴. 그 얼굴은 괴물이었어.
꿈을 깨요. 일어나요. 아침이 기다리고 있어요. 해가 뜨고 있어요.
잠에서 깨도 잠이었어. 꿈에서 깨도 꿈이었지. 온몸에 꽂히는 화살. 아프다고 소리치면 더 많이 와서 꽂혔지. 사람 눈에서 쏘는 화살. 입에서 발사되는 화살. 손가락질로 발사되는 화살들. 뽑히지도 않았지. 가끔 사람들은 웃으면서 화살을

쏘지. 괜찮니 물으면서 화살을 쏘지. 난 무서웠어. 숨었어. 그래도 괴물들은 쫓아
와. 나를 길거리 한가운데 옷 벗기고 하하하 웃으면서 눈으로. 입으로. 손가락으
로. 나를 마구 찔러댔어.

꿈을 깨요. 일어나요. 아침이 기다리고 있어요. 해가 뜨고 있어요.

그러다 하얀 머리 천사. 늙고 약한 천사가 날개로 나를 덮고 화살을 대신 맞아
주었어. 날개 속에서 나는 나았어. 이제 보여줄까. 그 날개는 나의 것. 내 더
러운 피부를 뚫고 날개가 자라나고 있지. 언젠가 보게 될 거야. 내가 이곳에서
날아오르는 걸. 괴물이 쫓아 오지 못하는 높이에서 구름 위에서 내가 날아갈 때
그때 부러워해. 이 날개를. 그동안 펼 수 없었던 내 날개를.


재하는 자기 얘기를 했다. 랩은 어차피 자기 얘기였다. 자기 얘기를 솔
직히 드러낼 때 랩이었다. 체육관이 무너질 듯 박수가 나왔고 무대 위로
꽃이 쏟아졌다. 그 사람들 속에 재하의 부모님이 있었다. 재하는 마이크
를 잡았다.

> 감사합니다. 지금 제 무대는 교장 선생님이 안 계셨으면 있을
> 수 없는 무대였습니다. 제게 주신 이 꽃들은 그래서 교장 선생
> 님께서 먼저 받으셔야 한다고 생각합니다.


재하는 꽃송이, 송이들을 모아 한 움큼 쥐고 무대를 내려왔다. 맨 앞
자리에 있던 교장이 어리둥절 어색하게 일어섰다. 재하는 아무렇지 않게
그 옆을 지나 뒷자리에 있던 송상동 선생에게 다가섰다. 하얀 머리의 송
상동 선생 앞에서 깊이 고개를 숙인 재하가 꽃다발을 내밀자 아까보다 더

큰 박수가 쏟아졌다.

겨울 방학이 되자 용해는 다시 바빠졌다. 이번에는 주로 스키장이었
다. 눈을 구경해보지 못한 중국 남부 쪽 손님들이었다. 오영은 스키를 탈
줄도 몰랐고 거기까지 쫓아가기도 싫었다.

내가 틈틈이 가르쳐줄게.
배워 보면 재미있어.

용해는 사정했지만, 오영에게는 먼저 해결해야 할 일들이 많았다. 먼
저 아빠가 골프장 일로 농장을 비우게 되면 할아버지를 돌봐야 했다. 할
아버지의 상황을 전해 들은 엄마는 그렇게 오영이 바쁘게 농장으로 왔다
갔다 해도 별 관심을 기울이지 않았다. 모른 척하고 있었다. 아빠와도 더
는 연락하지 않는 것 같았다. 오영도 별말을 전하지 않았다. 두 번째는
겨울이 되면 찾아오는 동네 손님들을 맞이해야 했다. 작년부터 겨울이
되면 비닐하우스를 동네 놀이터로 개방하면서 소문을 듣고 애들을 데리
고 오는 엄마들이 꽤 있었다. 엄마들은 농약이 없는 땅에 애들을 풀어놓
고 차를 마시거나 책을 읽거나 졸았다. 온종일 아이들에게 시달리던 엄
마들은 걱정하지 않아도 되는 값싼 차와 건강한 땅과 허허로운 들판 속에
서 마음 놓고 쉴 수 있었다.

엄마가 잘 쉬어야 애들이 잘 자라는 거야. 애 하나를 키우려면
한 동네가 필요하다. 유명한 말이잖아. 우린 그걸 실천하고 있

예전 같았으면 아빠가 아이들을 데리고 여러 놀이를 했겠지만, 이제는 그걸 오영이 해야 했다. 오영은 놀이에 지치면 애들을 앉혀 놓고 책을 읽어 주기도 했다. 10분도 안 돼서 애들은 오릉에 기대 잠들었고 엄마들은 더 좋아했다.

아빠는 어느 날인가부터 조금씩 일찍 들어오기 시작했다.
해가 짧은 겨울날, 해가 지기도 전에 들어온 적도 있었다.

 잘 하면 올해를 넘기기 전에 뭔가 해결책을 찾을 수 있을 것 같아. 용해가 아주 큰 역할을 했어.

아빠와 같이 손님들 뒷정리를 하고 밥상을 차리고 할아버지를 모셔왔다. 아빠는 보통 컨테이너 방에서 할아버지와 같이 밥을 먹었지만, 오영이 있는 날은 비닐하우스에서 모두 모여 같이 먹었다. 이제 아빠의 비닐하우스에는 고기 냄새가 끊이지 않았다. 하다못해 소시지라도 부쳐야 했다. 할아버지는 고기가 없으면 밥을 먹지 않았다. 아니 고기만 골라 먹었다. 아빠가 보지 않으면 손으로 허겁지겁 집어 먹거나 주머니에 고기를 숨기기도 했다.

 생전 고기는 가까이도 하지 않던 분이….

할아버지는 비닐하우스에 처음 들어오는 것도 아닌데 들어올 때마다 주위를 두리번거리며 낯설어했다. 그 할아버지를 안심시키는 것은 역시 고기 냄새였다.

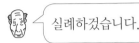

실례하겠습니다.

할아버지는 계속 코를 벌름거리고 있었다.

내일은 할아버지 모시고 병원에 다녀올 거야.
항암 치료가 가능한지 알아봐야겠어.

고맙습니다.

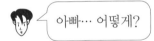

아빠… 어떻게?

오영은 오릉을 잠깐 쳐다봤다. 오릉은 딴짓을 하고 있었다.

저렇게 식사에 욕심을 내시는데도 계속 마르는 게 이상했어.

알겠어. 내일도 내가 있지 뭐….

말이 끊어졌다. 끊어진 말을 아무도 이어 붙이려 하지 않았다. 입에 달던 풀들과 고소한 찌개들은 사라졌다. 무엇을 먹든 맛은 썼다. 그렇게 밥을 먹다가 갑자기 할아버지가 무엇을 보았는지 아무 말 없이 책장 쪽으로 갔다. 아빠 방 밖의 책장에는 주로 낮에 놀러 오는 아기들이 보는 알록달록한 동화책들이 대부분이었다. 미처 정리하지 못한 책이 한두 권 떨어져 있었는데 할아버지는 그걸 집어 들더니 먼지를 털듯 유리를 닦듯 호호 불어가며 소매로 열심히 닦았다.

 왜 그러세요? 그거 애들이 보는 책이에요.

 할아버지, 얼른 식사하세요. 고기 식어요.

할아버지는 소중하게 책을 싸안고 오더니 아빠에게 불쑥 내밀었다.

 만해야. 이거 읽어 봐. 재미있어. 너 이제 책 읽어도 돼.

아빠가 조용히 숟가락을 내려놓았다. 책을 받는 아빠 손이 떨렸다.

 네. 잘 읽을게요. 열심히 읽어서 훌륭한 사람 될게요.

할아버지는 아무 일도 없었다는 듯이 다시 고기 접시에 코를 박았다. 그 모습을 보던 아빠는 조용히 책을 들고 나갔다. 오릉이 따라 나갔다. 오영은 나가지 않는 게 좋겠다고 생각했다. 수저를 내려놓았다. 밖에서는 오릉이 우우우 하는 소리를 내고 있었다. 달도 밝지 않은데. 한참 만에 들어온 아빠의 눈이 빨갰다. 아빠는 그 책을 아빠 방 책장의 제일 잘 보이는 자리에 꽂아 두었다.

크리스마스가 지났다. 비닐하우스를 장식했던 오색등들이 새해를 기다리며 다시 힘을 내고 있었다. 용해는 거의 하루도 쉬지 않는 듯했다.

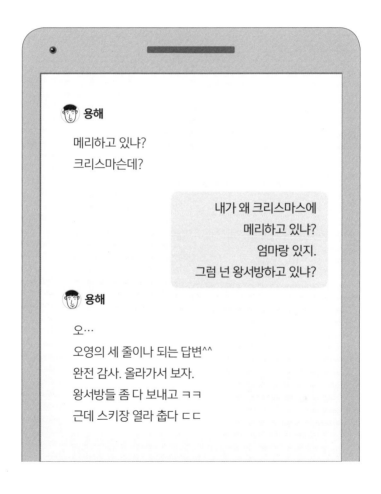

아빠가 할아버지를 모시고 병원에 다녀온 후 오히려 할아버지의 증세

는 급격하게 나빠졌다. 할아버지는 거의 의식을 차리지 못하고 누워만 있었다. 아빠는 가까운 동네 병원에서 영양제며 수액을 받아와 할아버지 팔에 꽂아 두고 있었다. 할아버지는 나아지지 않았다.

> 아마 오늘 회의에서 결판을 지을 수 있을 거야.
> 농장 입구에 오늘은 쉰다는 팻말 좀 걸어 놓고 와.

> 아빠. 정신 좀 차리세요. 오늘은 일요일. 어차피 우리 농장도
> 쉬는 날이라구요. 그리고 회의를 여기서 하게?

> 아, 그렇지. 미안. 그리고 회의는 어쩔 수 없었어. 내가 자리를
> 비울 수도 없고. 그리고 아마 오늘 잘되면 내가 할 일은 더 없
> 을 거야. 마지막 회의가 될 수도 있다는 말이지. 어서 의자들
> 있는 대로 모아서 자리 좀 만들어.

　그동안 집회 장소나 서명을 받던 자리에서 만났던 어른들이 속속 도착 했다. 현석이 삼촌을 비롯한 농장 식구 대부분도 시간을 지켜 자리를 차 지했다. 농장에 놀러 오던 아기 엄마들도 마치 평소와 똑같이 놀러 온 것 처럼 애들을 업고, 안고, 끌고 들어섰다. 얼추 우리 쪽 사람만 스무 명이 넘는 것 같았다. 검은 차를 타고 온 골프장 회사 쪽 사람들도 시간에 늦지 않았다. 긴장이 흐르고 있었다. 넘치고 있었다. 그런데 신기한 건 이번에 는 회사 쪽 사람들이 더 화가 나 있는 것처럼 보인다는 것이었다. 화가 났

다는 것은 불리하다는 거다. 회사가 불리하다는 건 우리 쪽이 유리하다는 건데 그 이유는 도무지 알 수 없었다. 오영이 애들을 보고 있는 사이에 엄마들 몇이 손님 대접을 한다고 내놓은 차들이 자리마다 놓이자마자 회사 쪽의 제일 가운데에 있는 어른이 입을 열었다.

이건 분명한 업무 방해입니다.

아빠가 말을 받았다.

무슨 말씀이십니까? 그쪽 회사가 자본을 가지고 영리를 취하기 위해 산을 깎고 나무를 꺾는 것처럼 우리도 정당하게 이익 활동을 하는 겁니다.

이익 활동? 아빠가 무슨 사업이라도 벌리고 있었다는 건가?

맞습니다. 회사가 이윤을 추구하는 것은 당연합니다. 우리 회사도 마찬가지구요. 다만 그쪽에서 하는 것은 우리 공사를 방해하고 있기 때문에 드리는 말씀입니다.

방해라뇨? 태양광 시설은 정부에서도 권장하고 있는 신재생 에너지 사업입니다. 그쪽처럼 사람 먹는 정수장 코앞에 농약 뿌려가며 돈 버는 일과는 차원이 다르다구요.

저번 집회에서도 유난히 말이 많던 빨간 목도리 아저씨가 먼저 흥분하고 있었다. 흥분하면 진다. 이건 아빠의 철칙인데?

그런데 왜 하필이면 그 태양 빛이 우리 공사 현장 쪽으로만 비추는 겁니까? 얼마 전에는 덤프트럭 기사가 눈이 부셔서 사고를 낼 뻔하기도 했다구요.

우리는 의도적으로 골프장 공사 현장 쪽으로 태양광 패널을 조정하지 않았습니다. 다만 태양에너지를 가장 잘 흡수할 수 있는 쪽으로 각도를 맞춘 것뿐입니다. 그게 우연히 공사장 쪽으로 맞은 것뿐이구요. 그게 불편하시면 공사장 진입로를 수정하시든가 골프장 설계를 변경하시면 됩니다. 물론 그건 그쪽에서 알아서 하시겠지만요.

그렇지. 아빠는 천천히, 차분하게 그리고 여유 있게 말을 이었다. 점점 초조해지는 것은 회사 쪽이었다.

설계 변경이 어디 애 이름입니까? 돈이 한두 푼 들어가는 일인 줄 아시냐구요. 그리고 설계를 변경해서 완공한다 해도 계속해서 이렇게 우리 골프장 쪽으로 엄청난 햇빛이 들어오면 어느 손님이 제대로 샷이나 할 수 있겠습니까?

우리가 만나서 설계를 조금만 조정하자, 그게 안 되면 정수장 쪽으로 농약이 넘어오지 않도록 팬스를 높게 치든가 친환경 제초제를 쓰자고. 그렇게 사정을 할 때는 들은 척도 안 하시더니 여전히 그쪽에서는 어느 한 가지 양보할 생각이 없다는 거군요?

 친환경 제초제만 해도 그렇습니다. 그건 일반 제초제 가격에 비해서…

 그만두세요.

아빠가 소리를 질렀다. 저 정도의 큰 소리는 들어 본 적이 없었다.

 돈, 돈, 돈… 입장을 한번 바꿔서 생각해 보세요. 전무님 같으면 이 골프장 앞에서 살 수 있겠습니까? 저번에 들으니 자녀들도 아직 어리다던데 그 아이를 데리고 매일 가슴 졸이면서 그 앞에 사실 수 있겠냐구요?

 그렇다고 이렇게 남의 사업을 방해하는 게 말이 됩니까? 일주일 시간 드리겠습니다. 만약 그때까지 태양광 시설을 철수하지 않으면 법적인 책임을 지시게 될 겁니다. 아주 큰 벌금과 함께 말입니다.

벌금 소리에 우리 쪽이 약간 웅성거렸다. 아빠도 이 부분은 예상하지 못했는지 주춤거리는 게 눈에 보였다. 회사 쪽이 한결 여유를 찾으면서 결정타를 내밀었다.

이런 얘기까지는 안 하려고 했는데, 우리도 알아볼 만큼 다 알아봤습니다. 그쪽 땅에 대한 소유권도 없으시던데요? 원래는 단독주택 지으려고 축대까지 쌓아놓은 땅을 무단점유하고 있는 거 아닙니까?

그때 뒤쪽에서 굵은 사투리가 들렸다.

어허, 무단점유라니. 그러코롬 얘기해불면 우리가 또 섭섭하지잉… 들어는 봤는가? 내셔널… 뭐라고?

트러스트. 내셔널 트러스트입니다.

용해였다. 헐. 쟨 도대체 언제 와서. 연락도 없이. 여기서 뭐 하고 있는 거야?

그려. 그거. 사람들이 돈을 모아서 땅을 산 다음에 아무도 손 못 대게 그대로 묵혀둔다는 거. 뭐 그런 취지로다가 이 사람들이 땅을 사버렸으니께 무단점유는 아닌 것이지. 암만.

어르신은 누구세요?

회사 쪽 자리의 맨 끝에 앉아 있던 젊은 사람이 신경질적으로 물었다.

 나? 내는 그 땅 판 사람. 워쩠게 매매 계약서라도 보여드릴까?

이번에는 회사 쪽이 당황하고 있었다.

 좋습니다. 아무리 토지가 그쪽 소유로 넘어갔다고 해도 업무 방해는 업무 방해입니다. 이제 더 이상 할 얘기는 없는 것 같군요.

 아따, 살 날도 많아 뵈는 사람들이 뭔 승질은 그리 급한 것인지 모르겠네. 자자, 잠깐만 앉아 보소.

젊은 사람이 의자를 뒤로 밀며 멋지게 일어났다가 자기 쪽 높은 사람들이 그대로 있는 걸 보고 의자를 당겨 주춤 다시 앉았다.

 내가 이 동네 땅 좀 있다고 회장 소리 들어가며 쪼까 목에 힘좀 주고 살면서, 여기 시청이다 구청이다 공무원들하고 쐬주도 가끔 하면서 안면 좀 튼 사이인데 말이시, 당신들 참 몹쓸 사람들이더구만. 당신들이 준 돈 먹은. 아니, 아니지 그게 뭐라고?

골프장 회원권요.

또 용해었다.

맞아. 회원권 미리 받아먹은 천 국장은 감사에 걸려가지고 옷 벗고 감옥 가게 생겼다든디? 그게 법이라는 게 참 묘해서 말이여, 그거 준 사람도 같이 감옥 가야 한다고 난리더만.

전무라는 사람의 얼굴이 하얗게 질려갔다.

이 보소, 젊은 양복 양반들. 옛말에 사불급설(駟不及舌) 중구삭금(衆口鑠金)이라는 말이 있어. 사불급설이란 말은 네 마리 말이 끄는 마차도 혀의 빠르기에는 미치지 못한다는 뜻이니께 말이… 잉? 아, 여기서 말이라는 것은 타는 말 맬고 입으로다가 뱉는 말이여… 여튼 그것이 얼마나 빠른 것인가를 말하고 있는 것이고, 중구삭금이란 여러 사람의 입이 쇠도 깎아버린다는 뜻이니 여론이 얼마나 중요한가를 말하고 있는 것이여. 그렇게 남들 입길에 오르내리고 손가락질받으면, 거 어디 잠이라도 편하게 자겠어? 그리고 돈, 돈 너무 하지 말어. 내 나이 돼봐. 그거 아무짝에도 쓸모없는 것이여.

어르신. 이제는 땅 주인도 아니신 분이 이번 일에는 빠지세요.

왜? 내가 껄쩍찌근 한가 봄시? 그래도 두 발 달린 짐승헌티 함부로 빠져라, 들어와라 하는 것은 금수의 세계에서도 낯짝 없는 일이여. 각설하고. 나는 지금 시각으로다가는 땅 주인은 아니지만, 이 사업의 투자자로서 내 돈을 지킬 의무가 있어서 얘기하는 것이니께 너무 혈압들 올리지 마시쇼. 아따 나라에서도 뭐시여, 그것이 그랴 신재생 에너지가 대세라더만 나도 그 대가리 여물게 해준 우리나라에 보답하는 차원으로다가 공짜인 햇빛 좀 쓰겠다는데 뭣이 문제여. 억울하면 소송하든가. 소송은 그쪽 전문 아닌가베? 대법원꺼지 가려면 한 이년은 솔찮하게 걸리겄지, 아마?

이번에는 전무라는 어른이 제일 먼저 박차고 일어났다. 전무는 무언가를 말하려다 꾹 참는 표정이었다.

 가지.

양복들이 우르르 일어나 비닐하우스를 나갔다.

사람들이 일어나 우르르 아빠 옆으로 모였다. 아빠는 몇몇 사람들과 악수하고 나더니 그 사투리 노인에게 다가갔다.

 조 회장님. 고맙습니다. 수고하셨습니다.
용해야 너도 수고했다. 고맙다.

아따 회장은 무슨, 조상 덕에 쓸모없는 땅 몇 평 물려 받아가 지고 입에 풀칠이나 허는 처지에… 그건 그렇고 용해야. 나 이 제 다음 선거에 시의원 정도는 되야 안 쓰겄냐? 하하하.

얼마 안 있어 지역 신문 구석에 공사는 중단되고 협상이 진행 중이라 는 소식이 나왔다. 돈을 주고받은 사람들 몇이 손에 수갑을 찬 사진도 옆 에 있었다. 그리고 그 이틀 뒤 신문에는 다행히 골프장 공사로 파헤쳐진 땅이 그리 크지 않아서 회사는 정부의 친환경 정책에 부합한다는 취지로 그 땅을 용도 변경해 태양광 사업을 할 거라는 소식이 있었다. 신문 위쪽 을 보니 12월 31일, 날짜가 찍혀 있었다.

 용해 부모님은 어떤 분들이신지, 그래서 애한테 어떤 교육을 시켰는지, 용해는 이미 애가 아니더라. 아빠는 이번에 사실 좀 놀랐어. 세상이 어떻게 돌아가고 돈이 어떻게 움직이는지, 사 람들을 어떻게 다뤄야 하는지 용해는 무서울 정도로 잘 알고 있더라고. 이번 일을 생각해 내고 조 회장을 찾아가 설득하고 하는 모든 일은 다 용해가 한 일이야.

 그래서?

 응? 뭐가 그래서야?

아니야. 됐어, 그럼.

눈이 내리기 시작하고 있었다. 아빠가 할아버지를 뵈러 컨테이너 쪽으로 가면서 남긴 발자국이 금방 묻히고 있었다. 오릉은 눈을 감고 눈을 맞고 있었다. 다행이다. 솔직히 나한테 골프장은 그렇게 중요하지 않았어. 하지만 이제 아빠의 어깨가 조금은 가벼워졌다는 사실이 좋아. 오영은 핸드폰을 들었다.

답 문자 하지 마.
그냥 들어.
내가 웬만하면 이런 말 않으려고 했는데…

오영은 문자를 지웠다. 그리고 다시 썼다.

고마워. 정말. 수고했어^^

오영은 다시 문자를 봤다. 안 되겠어. ^^는 아니야.

|   | 용해, 고마워.<br>정말. 수고했어. |
|---|---|
| 1 | |

오영은 전송 버튼을 눌렀다. 눈이 조용히 일 년을 보내고 있었다.

11장

돌아간다

오영은 2월이 좋았다. 지 혼자 유별나게 짧은 게 일단 마음에 들었다. 남들이 다 삼십, 삼십일 하고 있을 때 '난 이십팔!' 하는 게 똘똘하고 되바라진 여자애를 보는 것 같기도 했고, 그 애가 내지르는 속 시원한 욕 같기도 했다. 짧아서 빨리 변하는 것도 2월이 좋은 이유였다. 어느 달이든 첫날과 끝날의 차이를 보게 된다면 2월의 키가 가장 클 것 같았다. 동작이 빠르고 경쾌하게 하루하루가 가고 있었다.

 영화 보러 가자.

용해였다. 매번 문자로만 이야기하다가 갑작스레 걸려 온 전화가 어색해서 거절할 타이밍을 놓쳤다. 2월이어서. 거절할 이유도 놓치고 있는 중이었다.

 데리러 갈게.

차를 가지고 왔다. 아, 맞아. 스무 살이지. 용해는 마음에서 가까워졌
다 멀어졌다를 반복하고 있었다. 그래서 어쩌면 별것 아닌 나이의 차이
를 잊곤 했었다.

 개학하기 전에 같이 중국에 잠깐 다녀오자.

차에 타자마자 용해가 말했다. 그리곤 말없이 음악을 틀었다. '마릴린
디마지오'의 최신 앨범이었다. 이번에도 여성 멤버 마릴린의 솔로곡이 대
부분이었다.

이제 당신을 만나기 전에 거울을 보지 않아요.
내가 좋아서, 좋은 나를 보려고 거울을 봐요.
당신이 좋아할 옷을 고르지 않아요.
맘껏 뛰고 달릴 수 있는 옷을 입어요.
내가 편해야 당신을 사랑할 수 있어요.
내가 편해야 당신에게 뛰어갈 수 있어요.
당신도 편했으면 좋겠어요. 당신이 나를 보는 시간이, 우리 함께 있는 시간이.
그래야 우리도 천천히 흐를 거예요.

용해는 차를 가지고 오면서 이 노래를 준비했을 것이다. 내가 이 팀을
좋아한다는 걸 용해는 안다. 용해는 나와의 시간이 천천히 흐르기를 바

라고 있을까?

서로에게 비밀을 가져요. 말해주지 말아요.
언젠가 시간이 우리를 비밀로 데려다준다면
그 문은 당신이 열어요. 그 속에서 주저앉아 있는 당신 옆에 설게요.
그때부터 비밀은 우리의 것이 되고 우리는 우리가 되는 거예요.

극장은 답답했다. 별로 야할 것도 없는 장면에 괜히 긴장하고 신경 쓰이는 게 싫기도 했다. 영화는 아주 길었고 지루했다.

 천변으로 가. 좀 걷고 싶어.

 추울 텐데?

 니 걱정이나 해.

왜 자꾸 말이 엇나가는지.

날이 흐려서 춥지 않았다. 개천을 건너는 징검다리들에는 흰 눈이 쌓여 검게 언 강물 위에서 도드라졌다. 그 흰 점들이 점… 점… 점… 할 말을 잇지 못하고 있었다.

 중국에 있는 유튜버가 좀 보자고 해서. 얘기가 잘되면 그 방송에 출연할 수도 있어. 한국 관광 정보를 안내하는 채널인데.

나한테는 아주 좋은 기회가 될 것 같아.

 그런데 왜 나랑 같이 가자고 하는 건데?

 내가 태어난 땅을 보여주고 싶어서.

그래 가끔은 넓은 땅을 보고 싶었다.

 이번에 내가 미국 행사가서 제일 놀란 게 뭔지 알아? 땅으로 해가 진다는 거야. '산 넘어'가 아니고, '바다 밑'으로가 아니고, 땅으로. 한 번도 본 적 없어서 상상도 못 해본 거였어.

 미국만 그런가? 가깝게는 중국. 아니, 만주도 있어. 열하일기에 보면 박지원이 요동 땅에 들어서서 '1천 2백 리 사방에 산 하나 없고, 하늘 끝과 땅 끝이 맞닿아 풀로 붙인 듯하니 한번 울어볼 만한 곳'이라고 했어. 기회가 되면 우리 영이에게 꼭 보여주고 싶은 곳이야.

 영이한테만?

 아니, 그게….

하여튼 사람 참, 앞으로 당신하고 헤어지면 얘는 당신이 데려가. 그리고 넓다고 왜 울어? 하하하 웃어 줘야지. 난 눈물 안 나던데?

엄마와 아빠가 이런 얘기를 나누던 때도 있었다. 오영도 그때 땅으로 해가 지는 모습을 상상했었다. 그 어떤 장애물도 없이 해와 수평으로 마주 선다는 것. 어렸을 때도 가슴이 설렜었다.

대륙. 그렇게 바다와는 또 다른 설레임. 그리고 그 묘한 설레임에는 용해도 들어 있었다.

 생각해 볼게.

생각은 이미 공항에 있었다.

엄마는 용해 엄마와 통화하겠다고 했다. 아빠에게도 전화나 문자가 아니라 직접 말하고 싶었다. 2월의 농장은 납작 엎드려 있었다. 바람 밑에 깔려 있는 것이 아니라 뛰기 위해 준비하고 있는 것 같았다. 이것도 2월이라서 그렇게 보이는 건가? 하지만 그 속의 아빠는 여전히 지치고 있었다.

컨테이너를 열었더니 아빠는 잠든 할아버지 옆에서 벽에 기대 졸고 있었다. 흰머리가 문득 보였다. 찬 바람이 들어갈까 봐. 아니, 온기가 빠져 나올까 봐. 오영은 얼른 들어가 문을 닫았다. 그래도 아빠는 인기척을 못 느끼고 있었다.

 아빠.

아빠는 깜짝 놀라 깨더니 오영보다 할아버지 쪽을 먼저 봤다.

거의 하루 내내 의식 없이 누워 있기만 하는 할아버지는 바람이 빠진 풍선처럼 쪼그라들고 있었다. 뼈만, 이제는 정말 뼈만 남아 있었다. 그런데 그렇게 마른 할아버지는 아빠와 쌍둥이처럼 똑같았다. 지난겨울 아빠의 수염까지. 아빠가 할아버지를 닮은 것이 아니었다. 할아버지가 아빠를 닮은 것이었다. 그런 할아버지를 보면서 오영은 핏줄이라는 것, 그 질기고 끈끈함에 놀랐다.

 아, 고마워.

 뭐가?

 흉한 꿈을 꾸고 있었거든.

아빠는 소리를 내지 않고 조심스럽게 기지개를 켰다.

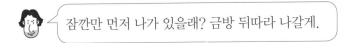 잠깐만 먼저 나가 있을래? 금방 뒤따라 나갈게.

생각보다 한참이었다. 컨테이너를 조심스럽게 나오는 아빠의 손에는 기저귀가 들려 있었다.

내가 조느라 때를 놓쳤더니.

 이제 정말 병원으로 모시지.

 아니. 그냥 내가 이렇게 하고 싶어. 병원에 가야 이미….

아빠는 꼬리를 흔드는 오릉의 머리를 잠깐 쓰다듬고는 얘기했다.

 가자. 찬물 한잔 마시고 싶네.

 용해가 같이 중국 가재.

비닐하우스 식탁에서 오영 잔에 차를 따르던 아빠의 손이 잠깐 멈칫했다.

 얼마나? 곧 개학인데 괜찮겠어?

아빠도 몇 가지 묻고는 더 묻지 않았다. 골프장 문제가 해결된 뒤에 아빠는 할아버지를 돌보는 일에 매달리고 있었다. 자신은 비닐하우스에서 살면서 비닐하우스에서 작물을 키우는 일을 싫어하는 아빠에게 어차피 2월은 농사일을 할 것도 없었다. 사람들도 이상하게 2월에는 잘 오지 않았다.

 네가 할아버지 계실 때 돌아왔으면 좋겠다.

'네가 없는 동안 돌아가시지 않았으면 좋겠다.'였다. 중국으로 가려 하
는 오영을 유일하게 무겁게 하는 일이었다. 그건 오영도 바라는 일이었
다. 할아버지 때문이 아니었다. 아빠 때문이었다. 아빠는 형제도 없었다.
더구나 아빠에게는 내 엄마도 없었고, 아빠의 엄마도 없었다. 그런 아빠
가 혼자서 감당해야 할 일이 마음에 걸렸다.

 할아버지랑 약속했어. 봄에 뒷산에 다시 가기로.
그거 지키실 거야.

 그 약속 너도 믿고 있지 않잖아?

아빠가 쓸쓸하게 웃었다. 아빠를 다른 곳을 보며 웃게 하고 싶었다.

 내 걱정은 안 해? 딸이 처음으로 바다 건너가는데?

 당연히 걱정되지. 너를 못 믿어서가 아니라 세상을 못 믿어서.

 용해를 못 믿는 건 아니고?

물론 그 늑대 같은 놈을 다 믿지는 않지.

피식. 아빠가 웃었다.

 하지만 난 너의 주먹을 믿지.

 엄마야… 도대체 무슨 생각을 하는 거야?

 영이야, 잘 들어. 난 다만 그곳에서 어떤 일이 생기더라도 네가 원해서, 네가 선택한 일이었으면 좋겠어. 넌 책임을 생각하지 마. 네가 원하는 일인가만 생각해. 그렇게 해서 생긴 일이라면 그게 무엇이든 책임은 아빠가 질 거야. 앞으로 혹시 네가 여자라는 이유로 져야 할 책임이 생긴다면, 난 끝까지 널 보호하고 지킬 거야.

오영은 웃지 않았다. 그리고 일어나 아빠를 안았다. 안아줬다. 토닥토닥. 걱정하지 마. 그리고 고마워. 아빠가 남자이고, 내 아빠인 게 이럴 때 참 좋아. 그런데 왜 그렇게 매번 의무만 생각하고 살아. 이제 권리도 생각하면서 살아.

여행을 준비하는 일은 복잡하지는 않았지만 쉽지도 않았다. 오영은 처음으로 여행 가방을 사고 여권을 만들었다. 지난여름 손에 쥐게 된 주민등록증과 더불어 이 나라에서, 이 사회에서 오영의 존재를 증명해주는 이것들이 낯설었지만 뭔가 안심이 되기도 했다.

날이 다가왔다. 짐을 다 싸놓고도 잠이 오지 않았다.

 오냥, 창밖 구경하자.

오냥이 아무 소리 안 하고 가까이 왔다.

 안아 줘.

오영은 오냥을 번쩍 들어 안았다.

 넌 왜 매일 창밖을 보는 거야?

 멋있는 답을 원해, 알아들을 수 있는 답을 원해?

 멋있는 답.

 창 안에 있으니까 창밖을 보지.

 그럼 알아들을 수 있는 답은?

 내가 창 안에 있으니까 창밖을 보는 거지.

 뭐야….

세상에 정답이 어딨어? 사람들이 질문하는 건 자기가 듣고 싶은 얘기를 남의 입을 통해 확인하고 싶기 때문이라고 그랬어. 그러니까 누구의 답이든 정답은 아니야. 니가 지금 생각하고 있는 그게 답이야.

 난 지금 니 리본 사진을 어떻게 해야 하나 생각하고 있었는데?

지워.

 알았어.

고마워.

창밖을 보던 오냥이 고개를 들어 얼굴을 오영 턱에 비볐다.

 잘 다녀와… 그리고 중국제 통조림 몇 개 사 와.

꿈을 꿨다. 뒷산 계곡에서 쌓은 돌탑이 점점 높아지고 있었다. 높아질수록 흔들거리는 돌탑이 불안했다. 오영이 여기저기를 잡아 멈추게 하려고 애쓰는데 할아버지 목소리가 들렸다. 놔둬. 그냥 놔둬. 올라가는 건 좋은 일이야. 했다. 오영이 "안 돼요. 이럼 무너져요." 하면서 돌탑을 올려다보니 벌써 돌탑이 구름을 뚫고 끝이 보이지 않고 있었다.

깨고 나서 생각하니 느낌이 이상했다. 핸드폰을 열어 시계를 봤다. 새벽 다섯 시가 되고 있었다. 문자가 와 있었다. 오영은 문자를 보고 나서 엄마를 깨웠다. 엄마에게 문자를 보여줬다.

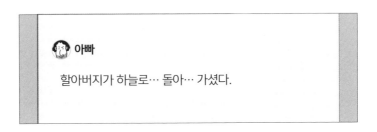

오영은 그 자리에서 용해에게 문자를 보냈다.

손님은 별로 없었다.

병원 장례식장을 빌렸지만, 돈을 받고 장례를 도와주는 사람들을 부르지 않아서 그런지 어수선했다. 농사공동체 어른들이 찾아와 돌아가며 밥을 하고 손님들 먹을 국을 끓여 왔지만, 양도 적었고 관리도 잘 안 돼 그나마 버리기 일쑤였다.

그렇게 정신이 없는 중에 엄마가 왔다. 키가 크고 아름다운 엄마는 사람들의 시선을 한 번에 모았다. 누구야? 누구야? 소리가 새어 나왔다. 엄마는 아랑곳하지 않고 들어가 조용히 향을 올리고 깊게 절했다. 아빠와는 손님과 상주로 맞절을 했다. 애통하시겠습니다. 위로를 전합니다. 이와 같은 형식적인 말도 나누지 않았다. 그리고 나더니 엄마는 주변을 쭉 훑어봤다. 한심하다는 듯 잠깐 숨을 길게 뱉더니 팔을 걷어붙였다. 연예인들 장례식장을 많이 다녀서 그런지 엄마는 정확하고 신속하게 질서를 잡아갔다. 화장터는 예약했어? 사망진단서는? 발인하는 날 운구는 누가 할 거야? 운구차는 어디 회사야? 이 육개장 어디서 사 온 거야? 엄마는 오영에게 물었고, 오영은 아빠에게 물었다. 아빠는 오영에게 주로 모른다고 답했고, 오영은 다시 그 답을 정신이 없어서 아직 못했다고 엄마에게 전했다. 엄마는 그 일들을 당황하지 않고 천천히, 꼼꼼히 처리했다. 사람들은 엄마의 자격과 권위를 인정했다. 비로소 사람들이, 아빠가 마음 편하게 슬퍼할 수 있게 되었다.

밤이 문제였다. 손님들이 돌아가고 나면 너무 조용했다. 엄마도 밤이면 아무 소리 없이 돌아갔다. 낮이든 밤이든 그나마 몇 안 되는 손님들이 술을 한 잔 권해도 극구 사양하던 아빠가 오영과 둘만 남게 되면 독한 소주를 마셨다.

노인은 겨울을 견디기 어렵지. 2월인데…
조금만 있으면 봄인데… 날도 풀리는데….

금방 취한 아빠는 혼자서 중얼거렸다. 오영을 붙잡고 얘기하기도 했다.

할아버지는 어디든 비어 있는 것을 싫어하셨어. 빈 곳은 메꾸고 모자란 것은 채워야 한다고 생각하셨어. 그래서 한 시도 몸을 쉬지 않으셨지. 난 그게 싫었어. 계절도 빈 곳이 있어. 겨울처럼. 할아버지는 채울 수 없는 것을 발견하면 결국 당신의 몸으로 그것을 메꾸고 채웠어. 자신을 갉으면서 자기 밖을 채우는 일이 얼마나 고됐겠니? 믿었던 나라, 해방된 나라, 전쟁을 끝낸 나라가 채워주지 못하는 것을 혼자서 채우려 하셨으니.

그러다 아빠는 갑자기 할아버지에 대한 원망을 늘어놓기도 했다. 오영은 그냥 가만히 듣기만 했다.

아빠는 말이야… 나 공부 안 시킨 거. 그거 원망 안 해. 그럴 수도 있겠지. 그럴 수도 있겠지. 목숨이 중요하니까. 그걸 뺏길 뻔했으니까 자식은 그런 일 안 당하게 하고 싶었겠지. 오래오래 용서하고 이해했어. 그런데 말이야. 할머니, 그러니까 우리 엄마한테 한 일은 용서가 안 돼. 할머니는 말을 못 하셨거든. 그래 벙어리였다고. 절에 숨어 들어간 빨갱이한테 누가 시집을 오겠어. 그런데도 우리 엄마는 아버지를 받아 준 거야. 그럼 잘 해야지. 할아버지는 할머니를 무시했어. 인색했어. 절이 자리를 잡고 시주 돈이 들어오기 시작하니까 할머니랑 나랑 절 밑 동네에 숨겨 두고 돈 한 푼 보내 주지 않았어. 할머니가 얼마나 고생을 하셨는지, 생선 장수며 남의 집 빨래며 늘 손이 부르터 있었어. 한번은 말이야. 우리는 쫄쫄 굶고 있는데 할아버지는 써주는 부적이 용하다고 소문이 나서 돈을 만진다는 얘기를 할머니가 들은 거야. 그래서 할머니가 나를 굶길 수는 없다는 생각에 절을 찾아갔는데 할아버지가 뭐라고 그랬는 줄 알아? 어디 부처님 모시는 신성한 절에 생선 비린내 풍기는 여편네가 발걸음 하냐고. 그러면서 쫓아냈단다. 내가 그 소리를 듣고 그놈의 절을 확….

아빠는 그렇게 잠들곤 했다.

발인하는 날이었다. 영구차가 떠나고 오영과 엄마는 남았다.

 아빠가 하루 이틀은 걸릴 거라고 했어. 할아버지 고향 산에 뼈를 뿌릴 거래. 간 김에 그 동네에서 볼 일도 있다고… 그래서 난 아빠 농장에 가 있을게. 오릉이 밥도 줘야 하고.

 그래 그럼.

엄마는 농장에까지 오영을 태워 줬다. 오영이 내리고 차가 출발하는 듯하더니 엄마가 내렸다.

 많이 변했네.

엄마는 농장을 잠깐 눈에 담는 듯하더니 바로 떠났다.

돌아온 아빠는 며칠을 앓았다. 열이 깜짝 놀랄 정도로 올랐고 가끔은 헛소리를 했다. 날이 점점 풀리고 낮에는 제법 봄기운이 나는 것 같던 날 아빠는 자리를 털고 일어났다. 그리고 제일 먼저 한 일은 사람들을 불러 할아버지가 머물던 컨테이너를 치우는 거였다.

 그냥 놔두지.

 아니야. 원래 네가 쓰던 곳이잖아.
옛사람은 새 사람을 위해서 자리를 비워줘야 하는 거야.

사람들이 와서 전기를 정리하고 수도를 막고 하는 중에 아빠는 컨테이너 안을 정리했다. 치울 것도 별로 없었다. 할아버지가 입던 옷들이나 칫솔 같은 것들을 재활용 봉투에 담던 아빠가 이불 밑에서 종이 한 장을 발견했다.

아빠가 그렇게 싫어하던 부적이었다. 할아버지는 큰 달력 뒷면을 가득 채워 한 장의 부적을 만들고 있었던 것 같았다. 그런데 자세히 보니 그 달력 뒷면은 한가득 아빠의 이름으로 채워져 있었다. 죽음을 예감한 할아버지는 유일한 자식을 위해 할 수 있는 일이 이것밖에 없다고 생각했던 것일까.

미안하고 미안한 마음으로 갚을 수 없는 상처를 준 것에 대해서 할아버지는 그렇게 속죄했던 것일까?

아니면 한평생 닦아 온 마음을 모아 자식에 대한 마지막 축복을 담은 것일까?

그러나 무엇보다 확실한 것 한 가지는 할아버지는 아빠의 이름에 기대고 있었다는 것이었다.

아빠는 그 큰 종이를 아니 부적을 마른 할아버지를 이불에 눕힐 때 하듯, 갓난아이가 울 때 하듯 가만히 가슴에 안았다.

그리고 아빠는 엎드려 길게 길게 울었다.

컨테이너 밖에는 막 민들레 씨가 솟아나고 있었다.

## 1장  들어준다

1. 1장에서 인상 깊었던 장면이나 제일 기억에 남는 문장을 생각나는 대로 써 봅시다.


2. 아래 세 가지 의미의 '들어준다'가 있습니다. 이 세 가지 중 '내가 누군가를 들어 준' 경험을 서로 나누어 보세요.

> 들어준다. 들어준다. 들어준다.
> 원하는 걸 이루게 해준다는 말도 들어주는 거고, 시간을 내서 귀를 기울이는 것도 들어주는 것이다. 무엇보다 들어준다는 말은 무거운 것을 올릴 때 같이 돕는다는 뜻도 있다.


3. 우리가 살아가는 자본주의 사회는 "개인이나 기업이 자기 이익을 추구하도록 인정하며 이 과정에서 사회 전체의 부도 증가한다."는 '사적 이익의 추구'라는 특징이 있습니다. 이 특징에 비추어 용해의 다음과 같은 말은 당연한 것일까요? 그렇지 않다면 어떤 반론이 가능할까요?

> 부자가 왜 계속 부자로 사는 줄 아냐? 돈을 가져 보니까 너무 좋거든. 돈이 있으면 뭐든 살 수 있거든. 심지어 사람도. 그래서 그 좋은 걸 잃

어버리는 게 너무 끔찍해서 무슨 짓을 해서라도 계속 부자가 되려는
거야.

**4. 새 학년을 시작하는 오영에게 엄마는 다음과 같은 그림으로 응원합니다.**

그림 속에는 100미터 달리기 출발선에 선 선수처럼. 오영이 잔뜩 허
리를 숙인 채 앞을 노려보고 있었다. 등에는 '2'라고 쓰여 있었다. 옆
에는 오냥과 엄마가 '화이팅!!!!'이라고 쓴 현수막을 들고 있었다.

그렇다면 지금의 나를 응원하는 그림을 직접 그려봅시다.

# 내보낸다

1. 2장에서 인상 깊었던 장면이나 제일 기억에 남는 문장을 생각나는 대로 써 봅시다.

2. 무엇인가를 내보낸다는 건 무엇인가를 채울 수 있다는 가능성을 의미합니다. 이들은 각자 무엇을 채우기 위해 내보내고 있을까요?

> 작은 구멍을 통해 자신의 피를 내보내고 있는 오영, 부자 아빠를 내보내고 돈을 벌려고 하는 용해, 골프장을 내보내려고 갈등 상황에 놓인 동네 사람들, 똥을 내보내려고 무단외출을 하고 있는 종수.

3. '똥 쌀 권리, 즉 안전하게 배변할 권리'를 학교에서 누리고 계시나요? 아래 댓글 놀이에 참여해 보세요.

> 학교에는 자유만 없는 게 아니라 휴지도 없다. 생존권적 기본권이 왜 무시되는 거야?
> ㄴ 대학 가면 휴지가 있겠지… 난 대학 갈래^^
> ㄴ 12년 동안 만성 변비에 시달리다 졸업하고 싹 나았다.
> ㄴ 우리 학교는 휴지가 있긴 한데, 화장실 밖에 있어요… 똥 싼다고

광고하는 것도 아니고⋯ 화장실 안에다 놔주면 안 되남유?

ㄴ, 휴지 갖고 장난치고, 세면대에 뭉텅이로 던져버리고⋯ 무조건 휴

지 타령만 하지 말고 화장실 에티켓부터 갖추자구⋯.

ㄴ,

ㄴ,

ㄴ,

**4.** 사회, 학교, 집에서 우리의 인권을 가로막고 있는 것은 무엇일까요?
그것을 뛰어넘기 위해서 우리가 할 수 있는 일은 무엇일까요?

## 3장　지켜보다

1. 3장에서 인상 깊었던 장면이나 제일 기억에 남는 문장을 생각나는 대로 써 봅시다.


2. 지켜본다는 것은 관심과 간섭의 중간쯤 되는 행위입니다. 상황에 따라 상대가 호의적인 관심으로 받을 수도 있고 부담스러운 간섭으로 받을 수도 있겠지요. 상황을 지켜보고 있는 오영에게 한마디 해주세요. 그리고 여러분의 인생을 지켜보고 있는 그 누군가에게도 말입니다.

> 불안스러워하는 오냥을 보면서 오영은 지켜보기로 합니다.
> 용해를 짝사랑하는 물결이의 변화된 모습을 보면서 오영은 지켜보기로 합니다.
> 체육복 지퍼를 입까지 올리고 모자를 눌러쓴 채 무대 위 춤을 따라 하는 1학년.
> 그 녀석을 오영은 지켜보고 있습니다.


3. 수학여행은 가되 아무것도 하지 말자. 어디든 가서 자기가 하고 싶은 것만 하고, 하기 싫으면 아무것도 하지 말자. 꽤 매력적인 제안입니다. 여러분의 현실에서 '아무것도 하지 않는다'는 어떤 의미인가요? 하고 싶은 것

만 하고, 하기 싫은 것은 안 해도 된다는 것은 지극히 이기적인 선택일까요? 아니면 '최소의 비용으로 최대의 편익을 얻을 수 있도록 한다.'는 합리적 선택일까요? 그에 따른 '기회비용'에는 무엇이 있을까요?

4. 기형도 시인의 〈빈집〉입니다. 아래의 시를 내 상황에 맞게 바꿔 다시 써 봅시다.

사랑을 잃고 나는 쓰네

잘 있거라, 짧았던 밤들아
창밖을 떠돌던 겨울 안개들아
아무것도 모르던 촛불들아, 잘 있거라
공포를 기다리던 흰 종이들아
망설임을 대신하던 눈물들아
잘 있거라, 더 이상 내 것이 아닌 열망들아

장님처럼 나 이제 더듬거리며 문을 잠그네
가엾은 내 사랑 빈집에 갇혔네

# 뿌리친다

1. 4장에서 인상 깊었던 장면이나 제일 기억에 남는 문장을 생각나는 대로 써 봅시다.

2. 여기 뿌리치지 못해 어려움을 겪고 있는 세 사람이 있습니다.

> 아빠는 골프장 문제를 함께 도와달라는 동네 사람들의 부탁을 뿌리치지 못해서 농사일을 못 하고 있습니다.
> 담임교사는 학교에서 수학여행을 취소시켰지만 반 아이들의 간절한 마음을 뿌리치지 못해 어려움을 겪고 있습니다.
> 용해는 학생회장 선거에서 상대 후보를 뿌리치고 당선될 수 있는 기회를 스스로 버리고 결국 낙선하였습니다.

1) 이들은 왜 그런 선택을 했을까요? 이 선택을 통해 지키려고 했던 가치는 무엇이었을까요?

2) 여러분은 무엇을 뿌리치지 못했나요? 다시 그때로 돌아간다면 같은 선택을 했을까요?

**3. 용해의 학생회장 선거 공약입니다.**

1번 : 한 달에 두 번 아무것도 하지 않는 시간을 만들겠습니다.
2번 : 용변해결권을 보장하여 자유롭게 학교 밖 화장실을 이용할 수 있게 하겠습니다.
3번 : 담임 선생님 배정에 우리 의견이 반영되도록 하겠습니다.
4번 : 우리 지역 고등학교 학생회들과 연대하여 시청에 고등학생들을 위한 예산을 요구하겠습니다.

1) 신선하고 위험했던 용해의 공약은 낙선으로 빛을 보기 어렵게 되었습니다. 각각의 공약에 대해 의견을 달아주세요.

2) 1번 공약이 실제로 실현된다면 학교에 어떠한 변화가 일어날까요? 혹시 개인적으로 이 시간에 하고 싶은 일이 있나요?

3) 4번 공약은 지금도 제도적으로 보장되어 있습니다. 어떤 예산을 요구하고 싶은가요?

## 5장 벗겨낸다

1. 5장에서 인상 깊었던 장면이나 제일 기억에 남는 문장을 생각나는 대로 써 봅시다.

2. 재하는 그동안 누구에게도 보여주지 않았던 자신의 상처를 드러냅니다.

---

**오영** : 더우면 겉옷을 벗어도 돼.
재하는 잠깐 망설이는 듯하더니 늘 입고 다니던 체육복을 벗었다. 온 몸에 퍼진 고통과 불면의 기억들이 꽃처럼 피어 있었다.

---

자신을 감추던 겉옷을 스스로 벗겨 내버리는 재하의 이 행동은 어떤 의미가 있을까요?

3. '사회적 약자에 대한 차별'은 우리 사회의 '다양한 불평등 현상' 중 하나입니다.

---

**재하** : 나 사실… 학교는 거의 처음이에요.
**오영** : 뭐? 초등학교는? 중학교는?
**재하** : 도저히 다닐 수 없었어요. 나는 벌레고 괴물이었어요. 가려움

---

에 미칠 것처럼 몸을 긁으면 선생들은 손가락 끝으로 나를 구석
에 밀치고는 집에 전화부터 했어요.

**오영** : 그럼 우리 학교는 어떻게 들어온 거야?

**재하** : 운이 좋았어요. 엄마는 간절했어요. 내가 어른이 되기 전에 한
번은 꼭 학교에 다니게 하고 싶었대요. 아빠가 그렇게 말려도
이 도시 온 학교에 전화를 했어요. "우리 아이가 교복을 못 입는
데 입학이 가능할까요?" 거절하는 학교는 없었데요. 하지만 괜
찮다고 한 학교도 없었구요. 그러다 마지막에 전화한 게 이 학
교였어요.

"한두 번 겪어봐? 대한민국 학교들은 지들하고 다른 건 다 벌레라고
생각해. 애를 또 데려가서 무슨 상처를 더 주려고 하는 거야?"

이러한 사회적 불평등이 일어나는 이유를 두 가지 이상 써 봅시다.

4. 더 나은 나를 만들기 위해 내가 벗겨내야 하는 나의 한계와 단점에는 무엇
이 있을까요?

# 끼어든다

1. 6장에서 인상 깊었던 장면이나 제일 기억에 남는 문장을 생각나는 대로 써 봅시다.


2. 가까운 걸 잃으면 또 다른 가까운 것이 보인다고 합니다. '오냥'을 잃은 오영의 경우처럼 말입니다. 경험을 나누어 봅시다.

> 엄마에게 온 것들도 쓸 수 있는 사진이 거의 없었다. 오냥 혼자 찍은 사진이 없었다. 오영과 같이 찍은 사진들이었다. 같이 텔레비전을 보면서 웃는 사진, 장난감으로 놀아 주는 사진, 밥을 먹는 오냥을 쭈그리고 앉아 보고 있는 사진, 소파에 둘이 잠든 사진. 그것도 오냥이 아닌 오영에게 포커스가 맞춰진 사진들이었다. 사진 속의 오영은 한 번도 카메라를 보고 웃고 있지 않았다. 오영의 웃음은 오직 오냥에게만 향해져 있었다.
> 이걸 다 언제 찍었데? 말도 없이… 갑자기, 어이없게 엄마한테 미안했다.

**3. '오영'의 시선에서 바라본 '용해'의 사업 성공 분석입니다.**

가까이서 본 용해는 잘 해내고 있었다. 넥타이를 매고 반짝이는 구두를 신었다. 싸 보이지 않는 옷들이었다. 그러면서 그들에게 자랑이 될 수 있는 장소를 찾아내고 SNS에 올리기 딱 좋은 사진들을 찍어줬다. 그림자처럼 따라다니면서도 걸리적거리지 않았다. 용해 역시 하나의 자랑이 되고 있었다. 멀찍이 떨어져 있다가도 필요한 게 있는 것 같으면 그때그때 다가가 유창하게 통역도 했다. 용해가 뭐라고 했는지 손님들은 무슨 말을 할 때마다 크게 웃었다. 용해가 말한 '럭셔리'는 비싼 음식을 먹고 화려한 공간에 머무는 것이 아니라, 남들이 해보지 못한 경험을 하며 좋은 대접을 받는다는 걸 의미하는 것 같았다. 그들은 그걸 위해 돈을 쓸 준비가 되어 있었다. 엄청난 중국 부자의 자식들이 한국 젊은이들이 즐기는 문화를 그대로 체험한다는 명분 아래 지하철을 타고 다니면서도 불만이 없는 건 그런 용해의 능력 때문이었다.

1) '용해'의 사업 성공 요인은 무엇일까요?

2) 자신의 환경을 고려한 사업 아이템을 제안해 보세요.

## 7장  일어난다

1. 7장에서 인상 깊었던 장면이나 제일 기억에 남는 문장을 생각나는 대로 써 봅시다.

2. 도대체 무슨 일이 일어난 걸까요? 여러분이 이 상황에 있었다면 어렵겠지만 자리에서 일어나 새로운 담임과 종수에게 한마디 해줄 수 있을까요?

> "외출증 막 끊어 주는 담임이 좋았지? 그 담임을 쫓아낸 게 너 같은 새끼들이야. 이 은혜를 모르는 새끼야. 호의를 건방으로 갚는 새끼야. 거기까지 가서 담배를 쳐 피면 욕은 누가 먹을 거라고 생각했어? 책임은 누가 질 거라고 생각했냐고? 니가 모르는 게 있어. 원다민 선생은 살아갈 인생이 많이 남아서 니들을 참아준 거고, 난 선생 생활이 얼마 안 남아서 니들을 참아줄 수 없어. 알아들어?"
> 손을 놓자 종수는 빨래 떨어지듯 아래로 구겨졌다.
> 담임은 숨을 몰아쉬고 있었고 애들은 숨을 멈추고 있었다. 조용한 교실에 햇살만 시끄러웠다.

3. '포기'가 있어야 새로운 시작도 가능하지 않을까요? '포기'와 관련된 여러분의 경험을 나누어 주세요.

> 포기라는 말을 편하게 쓸 수 있는 사람은 포기하기 전까지 최선을 다한 사람이라는 거야. 최선을 다하다가 그게 안 돼서 돌아서면 깨끗이 잊는 것, 그게 포기의 매력이기도 한 거야.

4. 우리도 "내 멋대로 위인전"이라는 과제로 글을 써 봅시다. (누구나 위대하다고 생각하는 사람의 누구나 칭송할 만한 장점을 단점으로 바꿔 생각해서)

# 8장 떠오른다

1. 8장에서 인상 깊었던 장면이나 제일 기억에 남는 문장을 생각나는 대로 써 봅시다.

2. 달이 차오르면, 비가 하루 종일 내리고 있으면, 교실 밖 창문을 통해 흰 눈을 만나게 되면 떠오르는 사람이 있나요? 어떤 추억으로 연결되어 있나요?

3. 루소는 '자유'란 하고 싶은 것 중에서 할 수 있는 것만을 하는 것이라고 했습니다.

> 그런데 너희들이 살아갈 세상은 점점 그게 어려워질 거야. 어떤 일이든 시작하기도 힘들고, 한번 시작하면 언제든 그만둘 수 있는 자유가 별로 없다는 거지. 그걸 돈 있는 사람들은 귀신같이 알거든. 이것들은 내가 무슨 짓을 해도 어차피 갈 곳도 없다. 그러니까 맘대로 부려먹자. 그러거든. 우리 사회는 그렇게 그만둔 사람, 그만둬야만 했던 사람들을 잘 돌봐주지 않아. 어려운 말로 사회적 보장 시스템이 없다는 거지. 그러니까 니들은 기본적으로 자유가 없는 세상에 살고 있는 거야. 그만둘 수 있는 자유가 없는 세상. 그런 세상을 살아갈 너희들이 불쌍하다는 거야.

1) 하고 싶은 것 중에서 지금 할 수 있는 것이 있나요?

2) 그만둘 수 있는 자유를 누리고 있나요? 아니라면 그 이유는 무엇인가요?

3) 우리를 불쌍하게 여기는 위의 충고를 어른들에게 미러링해서 던져 봅시다.

## 9장 떨어진다

1. 9장에서 인상 깊었던 장면이나 제일 기억에 남는 문장을 생각나는 대로 써 봅시다.

2. 누군가로부터 떨어져 나간다는 건 홀로 선다는 것입니다. 어른이 되기 위해서 그리고 부모로부터 벗어나서 홀로 서는 데 꼭 필요한 공부는 무엇일까요?

3. 떨어져 살 수밖에 없었던 할아버지와 아버지의 관계에 역사가 주는 답입니다.

> 할아버지는 동네에서 유일하게 글을 아는 사람이었어. 인민군이 처음 내려와서 사람들을 모아 놓고 사상교육 한답시고 노래도 부르고 인민군에게 보내는 편지도 읽고 했는데, 그걸 할 수 있는 사람이 할아버지 혼자였던 거지. 할아버지는 할 수 없이 사람들 앞에서 대표로 그걸 했고 그 덕분에 목숨을 건졌지. 하지만 인민군이 쫓겨 올라가고 나서는 그 덕분에 목숨을 잃을 뻔했어. 공산당에 부역한 빨갱이라고 이번에는 남쪽 사람들이 죽이려고 했으니까. 도망 다니고. 붙잡혀서 모질게 맞기도 하고. 결국 전과자, 그것도 빨갱이 낙인이 찍힌 할아버지가 갈

곳은 절밖에 없었지. 그러면서 할아버지는 내가 글을 아는 삶과는 떨어져 살기를 바라게 된 것 같아. 더구나 대학이라니… 할아버지 입장에서는 말도 안 되는 소리였지.

1) 역사가 개인에게 아픔을 준 사례를 이야기해 봅시다.

2) 여러분의 경험이 어떤 선택에 영향을 준 적이 있나요?

**4. 같은 경험 속에서 서로 다른 감정을 느끼고 있는 사례를 친구들과 이야기 해 봅시다.**

10장  들어낸다

1. 10장에서 인상 깊었던 장면이나 제일 기억에 남는 문장을 생각나는 대로 써 봅시다.

2. 어떤 '문' 앞에 서 계시나요? 문 너머의 사람들은 누구일까요?

> 들어가기 전에는 그 문을 통과하는 데 필요한 여러 절차의 부당함을 주장하지만 일단 문을 통과하면 부당함은 없다고 주장하게 되는 문. 그리고 그 문을 만드는 시스템을 온갖 핑계로 더 좁게 만들고 싶어 하는 문 너머의 사람들.

3. 재하는 자기 이야기를 하고 있습니다. 상처가 나아서일까요? 아니면 낫기 위해서일까요? 여러분의 이야기를 들려주세요. 재하처럼…

꿈을 깨요. 일어나요. 아침이 기다리고 있어요. 해가 뜨고 있어요. 그러다 하얀 머리 천사. 늙고 약한 천사가 날개로 나를 덮고 화살을 대신 맞아 주었어. 날개 속에서 나는 나았어. 이제 보여줄까. 그 날개는 나의 것. 내 더러운 피부를 뚫고 날개가 자라나고 있지. 언젠가 보게 될 거야. 내가 이곳에서 날아오르는 걸. 괴물이 쫓아 오지 못하는 높이에서 구름 위에서 내가 날아갈 때 그때 부러워해. 이 날개를. 그동안 펼 수 없었던 내 날개를.

4. 동네의 골프장 건설문제는 해결의 실마리가 보입니다. 현실에서는 어떤 결말이 예상되나요? 중요하지만 긴급하다고 느끼지 않는 것들은 뒤로 밀리는 경우가 많습니다. 환경문제 같은 것이지요. 여러분이 생각하는 중요하지만 긴급하지 않다고 느끼는 문제에는 어떤 것이 있을까요? 그렇게 생각한 이유는 무엇일까요?

# 11장 돌아간다

1. 11장에서 인상 깊었던 장면이나 제일 기억에 남는 문장을 생각나는 대로 써 봅시다.

2. 사람은 누구나 태어난 곳으로 돌아갑니다. 그리고 매일매일 다른 의미의 '나 다시 돌아갈래'를 외치며 살아갑니다. 언제로, 어디로, 누구에게로 돌아가고 싶은가요?

3. 여러분에게는 어떤 질문이었나요? 어떤 질문이 남의 입을 통해 확인하고 싶은 것이었나요?

> 사람들이 질문하는 건 자기가 듣고 싶은 얘기를 남의 입을 통해 확인하고 싶기 때문이라고 그랬어. 그러니까 누구의 답이든 정답은 아니야. 니가 지금 생각하고 있는 그게 답이야.

4. 이제 다시 일상으로 돌아가는 오영에게, 그리고 오영의 아빠에게 롤링 페이퍼 한 장 남겨 주실래요?

# 우리끼리면 뭐 어때

**1판 1쇄 찍은날** 2018년 11월 29일 | **1판 2쇄 펴낸날** 2019년 6월 13일

**지은이** | 염명훈 · 송원석 · 김한수 · 김경윤

**펴낸이** | 정종호 | **펴낸곳** | 청어람e

**책임편집** | 김상기 | **디자인** | 이원우 | **마케팅** | 황효선 | **제작·관리** | 정수진

**인쇄·제본** | (주)에스제이피앤비

**등록** | 1998년 12월 8일 제22-1469호

**주소** | 03908 서울시 마포구 월드컵북로 375, 402

**전화** | 02-3143-4006~8 | **팩스** | 02-3143-4003

**이메일** | chungaram_e@naver.com | **포스트** | post.naver.com/chungaram_media

ISBN  979-11-5871-089-7 43800

이 도서의 국립중앙도서관 출판시도서목록(CIP)은 e-CIP 홈페이지(http://www.nl.go.kr/ecip)와
국가자료공동목록시스템(http://www.nl.go.kr/kolisnet)에서 이용하실 수 있습니다.
(CIP제어번호 : CIP2018038039)

잘못된 책은 구입하신 서점에서 바꾸어 드립니다. 값은 뒤표지에 있습니다.

청어람 e)) 는 미래세대와 함께하는 출판과 교육을 전문으로 하는 청어람미디어의 브랜드입니다.
어린이, 청소년 그리고 청년들이 현재를 돌보고 미래를 준비할 수 있도록 즐겁게 기획하고 실천합니다.